ロミオとシンデレラ

前編～ジュリエット編～

原案／doriko

著／西本紘奈

19743

角川ビーンズ文庫

C O N T E N T S

ずっと強くなりたいと思っていた
かわいくて大人っぽくて ちょっとわがままで
好きなひとのことも振りまわしちゃうような
そんな 強い女の子になりたかった

まるで
王子さまに迎えに来させる
おとぎばなしのお姫さまみたいに

Prologue

Prologue

初音未紅《はつねみく》が〝彼〟と出会ったのは、高校に入学して間もないころ。

桜が散りはじめた四月のある日だった。


「――リリコ!」

朝、いつもの電車に乗った未紅は、さきに乗車していた灰野《はいの》リリコを見つけて呼びかける。

車内のすみっこにはリリコのふわふわ頭が見えていた。

きっとリリコも未紅のほうを見ているはずだけれど、リリコのとなりの男がおおいかぶさるようにして立っているのでよく分からない。

(リリコってばいつ見ても華奢《きゃしゃ》だな)

完全に人ごみに埋《う》もれてしまっているリリコに近づきながら、未紅はそんなことを考えた。

リリコは未紅にとって幼稚園《ようちえん》のころからの親友だ。

やわらかくて淡《あわ》い色の髪《かみ》、髪とおなじように色の淡い瞳《ひとみ》。

内気だし、ちいさいし、守ってあげたくなってしまう女の子だった。

反対に、未紅は幼いころから背も高かったし、リリコみたいに泣き虫でもなかった。

むしろ、常に真顔。

それが未紅にとってはちょっとしたコンプレックスなくらいだ。

（無愛想《ぶあいそう》とか仏頂面《ぶっちょうづら》とか、我ながらさんざんな言われようだもんね）

おかげでなぜか初対面の人に怖《こわ》がられたり「怒《おこ》ってる？」と聞かれたりすることが多い。

未紅自身としては、そんなつもりは全くないのに。

「落とし物ですよ」と声をかけただけで「ひっ、ご、ごめんなさい！」と謝られてしまった時は、さすがにちょっと悲しかった。

たしかに未紅はそんなに感情表現が豊かじゃない。

かといって冷たいわけじゃないし、未紅としてはふつうだと思っている。

ただちょっと気持ちが顔に出にくいだけだ。

(でも、リリコだけは私を怖がらずにいてくれた)

未紅を見て、ふわりと微笑《ほほえ》む親友は本当にかわいいし優《やさ》しい。

(だからリリコのことは私が絶対に守らなきゃ)

幼稚園でも小学校でも中学校でも、引っ込み思案で皆《みんな》の輪に入れないリリコを引っ張ってきたのは、いつだって未紅なのだから。

そんなことを思いながら、未紅はリリコに近づいたのだけれど。


「未紅ちゃん……っ」

(え?)

そばまで近づいて、やっと顔が見えるようになったリリコは、なぜか目に涙《なみだ》を浮《う》かべていた。

(いったい何があったの?)

一瞬《いっしゅん》、体調が悪いのかと思ったけれど、すぐに違《ちが》うことに気付く。

リリコの腰《こし》に、となりの男の手が伸《の》びているのが見えたのだ。これは、まちがいない。

(——痴漢《ちかん》!!)

気付いたとたん、未紅の頭にカッと血がのぼった。

(どうりでリリコにやたら近いと思った！　リリコのことは私が守らなきゃ)

決意とともに、未紅は痴漢の手をつかみあげる。

「この子から離《はな》れてください――！」

未紅の声で、痴漢がびくりと肩《かた》を揺《ゆ》らした。

「未紅ちゃん⁉」とリリコがおどろいた声を出すが、気にしない。

未紅は痴漢をにらみつける。

(リリコを傷つけるなんて許さない)

強い意志をこめて、未紅が「この子のこと触《さわ》ってましたよね」と言う。

ところが。

……ばしっ、と未紅の手が振《ふ》り払《はら》われた。

「なに人を痴漢あつかいしてんだ⁉　嘘《うそ》ついてんじゃねぇよ、バカ女！」

「！」

突然《とつぜん》の怒鳴《どな》り声だった。

（な――）

痴漢の言葉に、未紅の血の気が引く。

（なんなの、このひと）

知らない人に急に怒鳴られたのなんて初めてで。

まして酷《ひど》い言葉や悪意をぶつけられるなんて、想像もしていなくて。

どうしてこんなにひどいことを言えるんだろう？

どうして向こうが悪いのに、怒られなきゃいけないんだろう？

言いたいことはたくさんあるのに、未紅の口からは声が出ない。

まわりの乗客は心配そうな目線を向けてくるけど、誰《だれ》も実際に助けてはくれない。

未紅の表情があまり変わっていないから大丈夫《だいじょうぶ》だと判断されているのかもしれない。

（大人の男の人相手に、私ひとりで立ち向かわなきゃいけないの？）

知らないうちに指が震《ふる》える。

未紅ちゃん、と、リリコのちいさい声が聞こえた。

（いけない、私はリリコを守らなきゃ。……こんなとこで痴漢に負けちゃいけないのに）

なのに。

「証拠《しょうこ》もねぇのに偉《えら》そうにすんじゃねぇよ！」

（――――こわい！）

だん！　と男が車内の壁《かべ》を殴《なぐ》った。きっと次は未紅が殴られる。

「未紅ちゃんっ」

リリコが顔を真っ青《あお》にして声をあげるけど、何もできるはずがなくて。

（殴られる――）

怖さのあまり、未紅は両目をぎゅっとつむった。

そのとき。

「いい加減にしろよ」

（え？）

「なっ」

痴漢の慌《あわ》てる声が聞こえた。

なにが、と思って未紅が閉じていた目を開けると、すぐ前にあるのは広い背中。

未紅と痴漢との間に割って入ってきたのは、未紅たちと同じ彩花《さいか》高校の男子だった。

（誰？　知り合いじゃない、よね。こんな男子、きっと一度見たら忘れないもん）

突然現れた男子生徒に、未紅は大きく目を見開く。

さらさらの黒髪《くろかみ》と、鋭《するど》いまなざし。それに、見とれるほど整った顔立ち。

ただし表情は険しくて、少し怖いくらいだ。

身長は平均よりはるかに高く百八十ｃｍ以上あるかもしれない。

なにからなにまで完璧《かんぺき》な容姿の男子生徒は、低い声で痴漢に告げた。

「言っとくけど、証拠なんて今どき簡単に集められる。……男なら、せめておとなしく罪を認

めろよな」

「な……っ」

男子生徒の言葉に、痴漢が怯《おび》えた表情を浮かべる。

けれど男子生徒は気にせず、今度はリリコのほうを見た。

「きみ、警察に届ける？」

「え？　い、いえ、あの」

男子生徒に聞かれ、リリコの頬《ほお》が一気に赤くなる。

たどたどしく首を横にふるリリコに、男子生徒が険しい顔のまま「そうか」とうなずいた。

「なら、この痴漢は俺が駅員に届けてくるから」

「あの、でも」

「気にしなくていいよ」

言葉少なに男子生徒は言い、次の駅に止まるアナウンスが流れはじめる。

痴漢は男子生徒の迫力《はくりょく》に怯えて、ちいさくなっていた。

（さっきまで怖《こわ》かったのに、いまはもう全然怖くない）

男子生徒のおかげだ。

ちょうど電車の速度が落ち、張りつめていた車内の空気がゆるんだ。

それまで男子生徒の行動を見つめていた未紅も、ハッと我に返る。

(いけない、私も助けてもらったんだからお礼を言わないと)

すみません、と男子生徒に声をかけようとすると。

男子生徒の視線が、ちらりと未紅をとらえた。

「――!」

未紅の心臓が、大きくふるえる。

未紅がなにかを言おうとするより前に。

「……助けるの、遅《おそ》くなってごめん」


ちいさな声で、男子生徒がささやいた。

(そんな、どうしてこのひとが謝るの?)

まさかお礼を言う前に謝られるとは想像もしていなかった。

とっさに何も返せない未紅に、男子生徒が続けて言う。

「怖かっただろ?　震えてた」と――。

(私が怖がってたって気付いてた……!?)

未紅がおもわず息をのむ。

かけられた声はちいさくて、きっと未紅以外の人間には届いていない。

(そんな、だって私の表情は分かりにくいのに)

きっと他《ほか》の乗客も、痴漢《ちかん》も、幼馴染《おさななじ》みのリリコでさえも、未紅が怯えていたことには気付いていなかった。

(なのに)

どうして、と、未紅の唇《くちびる》がうごく。

(どうして、このひとは気付いてくれるの?)

誰も気付かなかったことに気付いて、そして助けてくれたなんて。

(どうして――)

混乱してしまって未紅は返す言葉が見つからない。

そんな未紅に、彼は言う。

ゆっくりと。
いたわるように、たたえるように。
「よく、頑張《がんば》ったな」
「――……っ」
さっきまでとは違《ちが》う、やわらかい声で。
おだやかなまなざしで。
彼が、未紅にほほえむ。
ほんのすこしの笑《え》みなのに、未紅の目を奪《うば》うには十分で。
(このひと、こんな風に笑うの？)
最初に見たときの怖い雰囲気《ふんいき》とは全く印象が違う。
(……優《やさ》しい)

彼は、優しい。

とても。

信じられないくらいに、優しい。

未紅の指先が熱くなる。

(息が、くるしい)

心臓が締《し》め付けられる。

(お礼を言わなきゃ。言って、そして)

がたん、と、電車が大きく揺《ゆ》れた。

音とともにドアが開き、アナウンスが流れだす。

『——駅に到着《とうちゃく》しました。お乗り換《か》えのお客様は——』

「じゃあ」

「！」

短い言葉を告げて、男子生徒は痴漢を連れて電車から降りる。

まだ高校の最寄《もよ》り駅ではないから、きっと痴漢を連れていくために遅刻覚悟《ちこくかくご》で降りてくれたのだろう。

待って、と言うことも、ありがとう、と言うこともできず。

未紅はただ、スポーツバッグを背負う彼の後ろ姿を見つめる。

かけられた優しい声が、やわらかい笑みが、頭から離《はな》れない。

（まるで王子さまみたい――……）

それが、蒼真《そうま》怜《れい》との出会いだった。

Episode. 1 ♥

ロミオとシンデレラ

1-1 ♥ 彩花高校、2年2組の教室、放課後

（わー、雑誌のテーマがほとんどバレンタインだ）

痴漢事件から二年近く経《た》ち高校2年の冬を迎《むか》えた未紅は、放課後の教室で友達に借りた雑誌を広げていた。

（彼氏と過ごす特別な日に、か。かわいいなぁ。この服とかリリコに似合いそうだよね）

淡《あわ》いピンクのサテンリボン、揺れるフリルに繊細《せんさい》な黒いレース。

きらきらとした石が輝《かがや》き、華《はな》やかな色合いのメイク道具がちりばめられている。

かわいくて大人びたアイテムに未紅はすっかり見とれていた。

すると。

「――かわいい！　それ、未紅ちゃんに似合いそうだねっ」

「リリコ」

ひょこりと背後から現れたリリコが、そんなことを笑顔で言ってきたのだ。

おどろいたのは未紅だ。リリコってば何を言い出すんだろう。

「いやいや、それはリリコでしょ。私にはこんなかわいいの似合わないよ」

未紅は手を振《ふ》って否定する。

(そうなんだよね、こういう女の子っぽいアイテムってかわいいし憧《あこが》れるけど、私に似合うとは思えないもん)

未紅はリリコみたいに女の子らしい女の子じゃないから、どうしても買えないし着られないのだ。

かわいいものというのは、身長が高めでシンプル服の真顔女が持ってるより、リリコみたいにちいさくてホワホワした甘々服の女の子が持ってるほうが断然かわいい。

なんていうか、〝お似合い〟なのだ。

(ファッションだって好きな服と似合う服は違うし。これはどうしようもない)

なのに、リリコは「そうかなぁ……」と首をかしげた。

「わたしは未紅ちゃん、女の子らしいと思うよ。とくに未紅ちゃんの髪《かみ》、綺麗《きれい》だし。ぜったいこういう上品なの似合うと思う」

「えっ、なに恥《は》ずかしいこと言ってんの、リリコってば」

「本気だよぉ」

まじめな顔で言うリリコに、未紅はおもわず笑ってしまう。

他人からすればあいかわらず冷たく見えるのだろうけど、未紅としては笑っているのだ。

「笑わないでよ」と頬《ほお》をふくらませるリリコは、未紅の表情をわずかな変化から見分けられる数少ない人物だ。さすが親友である。


その親友に、未紅はからかうような目線を向ける。

「ないない、無理だって。むしろ、こういうのはリリコが似合うでしょ？　私はリリコみたいに告白とかされたことないんだもん」

（まぁだからって困ったりしてないし、別にいいんだけど）

ちょっとした悪戯《いたずら》心だ。

すると、なぜかリリコは顔をしかめた。

「………未紅ちゃん、分かってない」

「分かってない？」

いったい、なんのことだろう。

不機嫌《ふきげん》な顔をされる理由が分からなくて聞き返すと、リリコが急に声を張り上げる。

「未紅ちゃんはひそかにすごい人気あるんだからね⁉」

「は？」

「未紅ちゃんは美人で凜《りん》としてて、近寄りがたいくらいに綺麗なの！　隙《すき》がないの‼　だから、女子も男子も未紅ちゃんに憧れてても近付けないし、ましてや告白なんてできないんだよ⁉」

「……なに言ってるの、リリコ」

激しい勢いで語られたリリコの言葉に、未紅はぽかんと口を開けてしまう。

（それっていったい誰《だれ》の話？）

見たこともない他人の話をされている気分だ。

そんな未紅の反応に、リリコが、はあぁ……と、深いため息をついた。

「もう、無自覚なんだもん。これだから……」

「えっと、よく分かんないけど――」

とまどいながら、未紅はリリコの肩《かた》をぽんと叩《たた》く。

「リリコ、たぶんリリコの妄想《もうそう》だと思うよ？」

はっきり言って、ありえない。

だから、未紅はきっぱりとそう告げた。

リリコが「ええっ」と目を見開くが、無視するにかぎる。

未紅はリリコの話を軽く流すことにして、「そんなことより」と、教室の窓から見える校庭を指さした。

「あのさ、そろそろ〝彼〟が出てくるころじゃない？」

「あっ！」

未紅の言葉に、ぶつぶつ言っていたリリコの表情が変わる。

「ほ、ほんとだ！　もう校庭に出てるかな――あ、いた！」と小声でさわぎはじめた。

（じつはさっきから時間が気になってたんだよね。いつもこの時間に校庭に出てくるの知ってるし）

さわぎながら窓辺に立つリリコのとなりに、未紅もいそいそと移動する。

見下ろせば、いつもと同じように〝彼〟がサッカー部の練習に励《はげ》んでいた。

（今日も本当にかっこいいな、蒼真くん）

視線のさきには、二年前より更《さら》に恰好《かっこ》よくなった蒼真くんが立っていた。

1-2 ❤ 〝蒼真怜《ロミオ》〟

蒼真怜。2年6組、理系クラス。サッカー部所属の完璧《かんぺき》男子。

一昨年《おととし》の四月に電車内で助けられて以来、未紅とリリコはひそかに彼のファンをしているのだ。

痴漢《ちかん》から助けてくれた男子生徒が蒼真怜という名前だと分かったのは、彼がすぐ有名になったからだった。

学年どころか学校でいちばん恰好いいと噂《うわさ》になり、今ではファンクラブまであるらしい。

強豪《きょうごう》サッカー部のスタメンでスポーツ万能《ばんのう》、国語はすこし苦手だけれど数学と物理は常に学年トップと、まさに文武両道なうえ容姿も抜群《ばつぐん》となれば、もてないほうがおかしい。

無口であまり喋《しゃべ》ってくれないけれど、そんなところもクールで恰好いいと評判だ。

(まぁ私の場合は蒼真くんの笑顔《えがお》が好きになったんだけど)

二年近く前に見た蒼真くんの表情を思い出して、未紅はひっそりひとりで照れる。

おなじ学年とはいえ理系と文系で校舎が分かれているし、痴漢事件以来、未紅とリリコが蒼真くんに遭遇《そうぐう》したことはない。だから、あのときのお礼も言えていないままだ。

そうしているうちに時間が過ぎて行って、もう忘れられていてもおかしくない季節になっていて、未紅もリリコも蒼真くんに話しかけることは諦《あきら》めた。

今はただ、彼の姿を遠くから眺《なが》めるだけ。

とくに放課後は、サッカー部の練習をする蒼真くんを見るチャンスだった。

(声もかけられないし、表情なんてほとんど分かんないくらいにちいさくしか見えないけど、何もないより全然いいもんね)

彼氏もいないふたりにとって、蒼真くんの話題はそれだけで盛り上がる。

なにせ、あんなにも恰好よくリリコと未紅のことを助けてくれたのだ。

ことあるごとに蒼真くんのことを語るのがふたりの習慣になっていた。

人差し指くらいのサイズの蒼真くんを見ながら、「ねぇねぇ」とリリコが笑う。

「蒼真くんね、髪《かみ》切ったんじゃないかな⁉」

「ほんとう？」

「うん、ちょっと短めになってる。やっと美容院行ったんだね～！」

「リリコ、よく見えるね。動きが速すぎて私には分かんないよ。――でも私、前の髪型も好きだったんだけど」

ちょっと残念、と未紅が言うと、リリコが顔をゆがませる。

「ええ、あれは長すぎだと思うなー。わたしは半年前くらいの短めのがいちばん好きかも」

「それこそ短すぎない？　リリコだって、初めてあの髪型の蒼真くん見たときは〝幻滅《げんめつ》しそう〟って言ってたでしょ」

「え、う、それは……」

未紅の指摘《してき》に、リリコは言葉をつまらせる。

「……最初はそう思ったんだけど、毎日見てるとこれも素敵《すてき》だな、って思えてきて、気付いたら好きになってたっていうか……」

「はいはい、リリコは蒼真くんなら何でもいいんでしょ」

あきれた気分で未紅は笑う。

リリコが「もう、未紅ちゃんったら！」と頰《ほお》を赤く染めた。


でも、と、リリコが続ける。

「それを言うなら未紅ちゃんだって一緒《いっしょ》でしょ？　一緒に蒼真くんのファンになったんだし」

わたしたち、ずっと一緒だよ？

そうリリコに言われ、未紅はつい苦笑いを浮《う》かべてしまう。

「私はリリコほどじゃないよ。好きとか憧《あこが》れとか、そういうのって正直まだよく分からないし恥《は》ずかしく感じちゃう」

「え〜、どうせならおそろいがいいのに……」

未紅の言葉に、リリコは拗《す》ねたような声で返してくる。

けれど、すぐに「まぁどっちにしても蒼真くんの相手は樹里先輩《じゅりせんぱい》しかいないと思うけどね」

と、ため息をついた。


（白坂《しらさか》樹里先輩か）

リリコに3年女子の名前を出され、未紅の心になんだか嫌《いや》な気分が生まれる。

「彩花高校のロミジュリだっけ?」と未紅が言えば、リリコは「うん……」とうめいた。

「美人で優《やさ》しくて親切で、サッカー部のマネージャーとして評判いいうえ勉強もできて、ほんと、完璧な蒼真くんにふさわしい完璧お姫《ひめ》さま。でも――」

リリコの言葉を、未紅が引き継《つ》ぐ。

「――蒼真くんと樹里先輩は、付き合えない」

未紅が言うと、リリコが「そうなんだよね……!」と大きくうなずく。

彩花高校のサッカー部は毎年全国大会に出場しているような強豪だ。

そのためなのか何なのか、いろいろな制限も多い。

とくに有名なのが、部内の関係を良好に保つための〝部内恋愛《れんあい》禁止〟という規則だった。

「いくら本人たちがお互《たが》いのことを好きだったとしても、絶対に付き合っちゃいけない。見つかったら顧問《こもん》の先生に激怒《げきど》されて、試合に出られなくなるかもしれないから。まるで親に反対されて駆《か》け落ちの末に死んだ悲劇のカップル、ロミオとジュリエット。だから、蒼真くんと樹里先輩は彩花高校のロミジュリ――、か」

（たぶん、樹里先輩の名前がジュリエットみたいだから、よけいに広まった噂だろうけど）

それにしても、ふたりによく似合ったあだ名だと思う。ふたりとも、物語のなかの存在みたいに完璧だからだ。

未紅のひとりごとにリリコが悲しげな顔をする。

「やっぱりあのふたり、好き合ってるのかな……？」と聞かれ、未紅は「ふたりとも、交際は否定してるんでしょ」と答えた。

しかしリリコは更に言いつのる。

「先生にばれたら困るから、そう言ってるだけなのかも」

「それは……分かんないよ」

リリコを慰《なぐさ》めたいとは思うけれど、未紅だって知らないことは言えない。

だから、あやふやに首をひねる。

リリコが泣きそうな顔になった。

「樹里先輩が卒業したら付き合っちゃったりするのかな……」

「……どうだろうね」

リリコの質問にどう答えていいか分からなくて、未紅はやっぱりあやふやに答えた。

(でも、考えてみればリリコの言う通りだよね)

いまは二月。

3年の樹里先輩はもうすぐ卒業だ。

卒業してしまえば、サッカー部内の規則である〝恋愛禁止〟は当てはまらない。

(だから蒼真くんと樹里先輩が付き合う可能性も、十分ある)

むしろ、皆《みんな》が噂《うわさ》するようにふたりが部内規則によって付き合えないだけなら、樹里の卒業とともに付き合いはじめる可能性は高い気がする。

「蒼真くんが樹里先輩と付き合いはじめたら、未紅ちゃんとこんな風に蒼真くんトークで盛り上がることもなくなっちゃうんだね」

「それは——」

そんなことはない、と言おうとして、未紅は口ごもった。

(……それは、そうか)

さすがに、ひとの彼氏のことできゃいきゃい騒《さわ》ぐのは、彼女に失礼な気がする。

「やっぱり……！」

未紅の無言を肯定《こうてい》と受け取って、リリコがさらに落ち込む。

「いや、だって、ほら。仕方ないでしょ。彼女にも蒼真くんにも悪いし」

「そうかもしれないけど、でも、さみしいよ……！　ずっとふたりで、毎日蒼真くんのこと話して楽しかったのに——……」

「リリコ」

(たしかにリリコと蒼真くんのこと話すのが楽しいんだよね)

恰好《かっこう》いい憧れの男子のことを噂して、褒《ほ》めて、妄想《もうそう》して、騒ぐ。

毎日決まった時間に遠くから見たり、体育祭や文化祭ではひそかに写真を隠し撮《かくど》りしたり。

そんなリリコとの〝蒼真くんファン〟生活は、未紅にとっても心がうきうきして、いっぱい笑って、無責任にどきどきできた楽しい時間だった。

表情はたいして表に出ないままだったけれど、二年前より断然いろんな感情が豊かになったと思う。

（だけどリリコの言う通り、蒼真くんが誰《だれ》かと付き合ったら、そういうの全部なくなるんだ。

それに――）

それに、蒼真くんが樹里先輩と付き合うことを考えると、気分が暗くなる。

（――……付き合ってほしくないな）

できれば、誰とも付き合ってほしくない。

そんなことを考えてしまう。

（って、いやいや、私ってば、なに勝手なこと考えてるんだろう。こんなの蒼真くんにも樹里先輩にも失礼だよね）

やめよう、と頭を振《ふ》りかけたとき。

「……決めた！」とリリコの声がした。

「決めたって、なにを?」

未紅が顔を上げると、リリコはふたたび雑誌を見つめている。

ただし、開けているページはさっきまでと違《ちが》って、ピンクと茶色が躍《おど》る巻頭ページ。

――バレンタイン特集だった。


「わたし、蒼真くんにバレンタインチョコを贈《おく》ってみる……!」


(ええ⁉)

リリコの宣言に、未紅はわずかに目を見開いた。

「リリコ、本気なの⁉」

(いままで差し入れなんて絶対してこなかったのに)

受け取ってもらえなかったら怖《こわ》いし恥《は》ずかしいって言ったのはリリコなのだ。

おどろく未紅に、リリコはすこしだけ頰《ほお》を赤くしながら「だって」と言う。

「もしかしたら、これが最後のチャンスになるかもしれないじゃない?……なら、未紅ちゃんといっしょに思い出作りたいし」

「いっしょに?」

バレンタイン
Valentine's Day
特集

聞き返した未紅に、リリコはにっこりと微笑《ほほえ》んだ。

「うん！　わたしと未紅ちゃん、ふたりで蒼真くんへのチョコ作ろうよ――――！」

「……っ」

明るく言われ、未紅は息をのむ。

助けられて笑顔《えがお》を向けられて以来、ずっと憧《あこが》れていた蒼真くん。

そんな彼に、想《おも》いを伝えるバレンタインのチョコレートを渡《わた》すなんて。

（――そんなの恥ずかしすぎる！）

心のなかで叫《さけ》んで、未紅は上ずった声で「いやいやいや」と首を横に振る。

「未紅ちゃん？」

「私はチョコ、渡さないよ⁉」

未紅の言葉に、リリコが目を見開いた。

「どうして？　未紅ちゃんといっしょじゃないと、わたし安心できないよぉ」

「いや、えっと、ほら、私はバレンタインにチョコとか、そういう女子っぽいの苦手だから」

苦しまぎれに言ってみると、リリコが小首をかしげた。

「でも未紅ちゃん、料理もお菓子《かし》作りも好きだし上手でしょ？」

「う……」

（さすが幼馴染《おさななじ》み、私のことをよく分かってる）

上目遣《うわめづか》いに見られ、未紅はつい後ずさる。

このままじゃ、リリコの押しに負けてチョコを渡してしまいそうだ。

でも、と、未紅は考える。


（あんなに人気あるひとにチョコとか、自分の無謀《むぼう》さが恥ずかしくて死にたくなる……！）


たとえるならアイドルコンテストに自分で応募《おうぼ》しちゃうような感じだ。

絶対無理って分かってるのに挑戦《ちょうせん》なんて、恥ずかしくてできない。

ましてや未紅にとって、父以外の男のひとにチョコをあげるのは初めてなんだから。

（そりゃリリコはバレンタインとかクリスマスとか、そういうイベントが得意だし、蒼真くん

が初めてチョコをあげる相手ってわけでもないから気にしないかもしれないけど)

こういうイベントに慣れていない未紅には、かなりきつい。

(やっぱり、無理!)

頭のなかで結論を出した未紅は「いっしょに作るくらいするから」とリリコを納得《なっとく》させる。

それでもリリコはちょっと不満そうだった。

「未紅ちゃん、ほんとにいっしょに渡さないの……? 高2のバレンタインは人生で一回きりなんだよ?」

「それはそうかもしれないけど、そういう女子っぽいイベントはリリコに任せるよ」

言いながら、未紅は帰り支度《じたく》をはじめる。

「それじゃ私、そろそろ行くね。音楽室の掃除《そうじ》、先生に任されちゃったから。また明日《あした》」

できるかぎり優《やさ》しく言って、ばたばたと逃《に》げるように教室をあとにした。

「未紅ちゃん……」

教室に残されたリリコが、未紅の閉めて行ったドアをずっと見ていたことも知らずに。

1-3 ❤ 中庭にて、未紅の決意

それから数十分後。

未紅はゴミ捨て場までの道をうつむきがちに歩いていた。

手には音楽教師に捨てるよう頼《たの》まれたプリントと、よく分からないネットの塊《かたまり》がある。

プリントを持って中庭を通っていたら、体育教師に見つかって『これもついでに捨てに行ってくれ』と頼まれてしまったのだ。

どうやら未紅は〝しっかりしている〟イメージがあるらしくて、教師にも生徒にも何かを頼まれることが多い。

たぶん、真顔なことが多いし焦《あせ》ったり慌《あわ》てたりすることも少ないから落ち着いて見えるのだろう。内心はけっこう慌てることも多いのだけれど、まわりはリリコ以外気付かない。

（頼まれ事には慣れてるけど、さすがにちょっと多かったかな）

プリントだけでも結構な量なのに、古ぼけたネットはかなり重い。両方持つとなると腕《うで》が痛いくらいだ。

だからって誰《だれ》かほかの人に甘えるなんてできないから、ひとりでゆっくりと運んでいた。

歩いていると、さっきのリリコとの会話が頭によみがえってくる。

(蒼真くんにチョコか……)

正直、興味がまったくないわけじゃない。

人生に一度くらい、チョコを贈りたい気持ちはある。だけど。

(やっぱりどう考えても身の程《ほど》知らずだもん、恥ずかしいよね)

もし未紅がリリコみたいに可憐《かれん》だったら、いつか王子様《蒼真くん》に見つけてもらえるんじゃないか、ってシンデレラみたいなことを考えられたかもしれない。

それか、樹里先輩《せんぱい》みたいに才色兼備《さいしょくけんび》だったら、悲劇のヒロインみたいに引き裂《さ》かれてても、いつか幸せになれるって信じられたのかもしれない。

だけど未紅はリリコでも樹里先輩でもない。

そもそも、物語の主人公になれるタイプじゃない。

主人公の友人Aとか、無愛想《ぶあいそう》な村人とか、そんなところ。
（シンデレラもジュリエットも、どっちも私には無理だし、ありえないよ）
分かりきった現実にため息をついたとき、声がかけられた。

「……なあ、それってサッカー部のゴミだろ？」

（！　この声）
忘れられない落ち着いた声音《こわね》に、未紅ははじかれたように顔を上げる。
目線の先には、サッカー部のユニフォームを着た長身の影《かげ》。
（――蒼真くん⁉）
すこし髪《かみ》が短くなった蒼真くんが、そこには立っていた。

(そんな、こんなところで蒼真くんに会うなんて)

はっきり言って信じられない。

(どうしよう、なにか答えなきゃ)

あわあわと言葉を探していると、蒼真くんがわずかに首を傾《かし》げた。

「………………」

無言で首をひねる蒼真くんと違《ちが》い、未紅はパニック寸前だ。

(なにか考えてるっぽい？　ううん、それより質問に答えなきゃ変だよね。でも、緊張《きんちょう》しすぎて声が――)

「……貸して」

「えっ？」

蒼真くんの短い言葉に、未紅はきょとんとしてしまう。

が、未紅が何かを言うより前に。

未紅の持っていたネットを、蒼真くんがあっさり取り上げた。

(貸してって、まさかネットのことだったの？)

驚《おどろ》くひまもなく、蒼真くんは未紅の手から更《さら》に音楽のプリントも取り上げる。

結果、未紅の手には何も残っていない。

あんなに重かった荷物が、いまは何もない。

全部、蒼真くんが持ってくれたからだ。


「ど、どうして」

混乱する未紅に、蒼真くんが表情を変えずにネットを見た。

「……これ、サッカー部のゴミだろ。顧問《こもん》が捨てる話をしていたから知ってるよ。サッカー部のゴミなら、部員の俺が捨てに行くのは当然だ」

「でも、音楽のプリントは」

「ただのついで。……これくらい、軽いし」

淡々《たんたん》と言い、蒼真くんはネットとプリントを持ってゴミ捨て場に向かって歩きはじめる。

「あの」と言おうとした未紅に。

蒼真くんが、かすかに笑《え》んだ。

「……無理するなよ」

(な――)

遠くからずっと見つめていたときには、一度も見られなかった蒼真くんの笑み。

それに、未紅は心臓をわしづかみにされたような気持ちになる。

(――なんて、優《やさ》しいんだろう)

胸がうずく。苦しくなる。

痛いくらいに。

(蒼真くん……！)

蒼真くんは未紅に背を向けて、あっという間に立ち去ってしまおうとしている。

未紅はまだ、お礼も言えていないのに。

(いけない、今度こそちゃんとお礼を言わなきゃ！)

そう思って声をかけようとしたが、「あら？」という声に遮《さえぎ》られた。

がさりと中庭の緑が揺《ゆ》れて、まっすぐな黒髪《くろかみ》の女子生徒が現れる。

あれは、と未紅が思うより前に、蒼真くんが「樹里先輩」と声をかけた。

白坂樹里先輩。さきほどリリコと話したばかりの蒼真《ロミオ》くんと噂《うわさ》のジュリエットだ。

（うそ、噂よりはるかに美人なんだけど！）

サッカー部のマネージャーをしているはずなのに透《す》き通るように白い肌《はだ》。

対照的な黒い髪は艶《つや》やかで美しく、蒼真くんとお似合いだと言われるのも納得《なっとく》だ。

長いまつげにふちどられた黒目がちな瞳《ひとみ》は、おだやかな光をたたえていた。

「蒼真くん、何してるの？　それ、先生が言ってた古いネットよね」

「……捨ててきます」

「そう？　なら私も一緒《いっしょ》に行こうかしら。ひとりじゃ大変でしょう」

「別に……」

断る蒼真くんに対して、樹里先輩は「いいから先輩に甘えなさい」と笑う。

かるく会話したあと、結局樹里先輩はついていくだけになったようだ。

どうやら、もともとサッカー部の練習について話す用事があったらしい。

さらには樹里先輩についてきたという下級生の男女まで蒼真くんたちに合流する。

「樹里先輩、歩くの速すぎですよ！　あ、ねぇねぇ蒼真先輩、これ、今日の練習中にどうぞ」

「それにしても樹里先輩と怜はお似合いっすねー！　すげー声かけづらかったんですけど」

あきらかに蒼真くんのファンらしき女子生徒と、蒼真くんを呼び捨てにする金髪《きんぱつ》の軽そうな男子生徒。

ふたりは未紅の存在にも気付かず、蒼真くんと樹里先輩をかこむ。

「どうも……」と蒼真くんが差し入れを受け取っているのが見えた。

当然のように蒼真くんのとなりを歩く樹里先輩が「蒼真くんはあいかわらず人気なのね」と美しく微笑《ほほえ》んでいる。

「オレは樹里先輩のほうが好きですよ？　宿題教えてくれたらもっと好きになっちゃうかも」

「ふふ、ありがとう。でも黄寺《きでら》くん、宿題は自分でやらなきゃだめよ」

「ええ～。しかたねーな、じゃあ怜、お前が教えてくれよ。な、頼《たの》むって！」

「樹里先輩の言う通りだろ。真也《しんや》、宿題は自分でやれ」

わいわいと騒《さわ》ぐサッカー部らしき集団から、未紅はすっかり取り残されてしまった。

一瞬《いっしゅん》だけ、蒼真くんが未紅を心配そうに見ていた気がしたけれど、きっと気のせいだろう。

(いいな、蒼真くんと仲良しで。……楽しそう)

蒼真くんのおかげで用もなくなり、未紅はぼんやりと蒼真くんたちの後ろ姿を見送る。

(もし私もさっきの子みたいに差し入れしたら、蒼真くんに受け取ってもらえるのかな)

未紅の心に浮《う》かぶのは蒼真くんの微笑みだ。

ほんの少し、ちょっとだけ見せてくれた優しい笑み。

最初に見たときと同じもの。

(あんな風に笑いかけてもらえるのかな)

思い出しただけで胸がどきどきしてくる。

締《し》め付けられるように息が苦しくて、切なくなる。

自分のなかに、こんな感情があったなんて知らなかった。

二年近く前に会話してから、ずっとずっと遠くから見ていただけだった。

だから、それで十分だと思ってた。

（だけど）

ひさしぶりに蒼真くんと話して。

蒼真くんの微笑みを間近で見て。

（もっと、蒼真くんの笑顔が見たい）

（蒼真くんのいろんな表情が見たい）

（まわりの人たちみたいに、蒼真くんと楽しそうにしたい）

どんどん、どんどん、欲望《よくぼう》はあふれてきて。

（蒼真くんが、好き）

すとんと、好きって言葉が胸に落ちてきた。

（あ――）
そうか、と気付く。
（だから私、樹里先輩と付き合ってほしくないなんて思っちゃったんだ）
ふつうのファンなら、きっと蒼真くんが幸せになることを祝福できた。
蒼真くんが幸せなら私も嬉《うれ》しいと、そんなふうに思えたかもしれない。
（だけど、私はそうは思えない）
わがままに、蒼真くんを独占《どくせん》したいと思ってしまう。

（私、蒼真くんのこと好きなんだ……！）

ただの憧《あこが》れだと思ってた。
遠くから見てるだけの、憧れのひと。
だって実際、たいして彼のことを知りもしない。
（でも、ただの憧れならこんなに苦しいはずない）
まだ淡《あわ》い気持ちでしかないかもしれないけど、この気持ちはきっと〝好き〟だ。
（私の、初恋《はつこい》――）

熱い頬《ほお》に冷たい風が触《ふ》れる。

中庭のはしで、落ち葉がカサカサと乾《かわ》いた音を立てた。

ふと、リリコの言葉を思い出す。

『蒼真くんが樹里先輩と付き合いはじめたら、未紅ちゃんとこんな風に蒼真くんトークで盛り上がることもなくなっちゃうんだね』

『もしかしたら、これが最後のチャンスになるかもしれないじゃない？……なら、未紅ちゃんといっしょに思い出作りたいし』

『高2のバレンタインは人生で一回きりなんだよ？』

（〝最後のチャンス〟）

たしかにリリコの言うとおりかもしれない。

どくん、と、未紅の心臓が大きく跳《は》ねる。

（蒼真くんと樹里先輩が付き合ったら、チョコどころか差し入れもできないかも）

未紅は蒼真くんに差し入れをしたことはない。

(本当なら、痴漢《ちかん》事件で助けてもらったお礼を差し入れのかたちでしたかったんだよね)

でも、リリコが恥《は》ずかしがったし、未紅自身もなんとなく照れくさかったから、話しかける機会があったら、と先延ばしにしてしまったのだ。

結局、蒼真くんと話す機会は今日までなかったし、お礼は言えないままだ。

(ちゃんと蒼真くんにお礼を言いたい。それに)

考えながら、未紅はすっかり遠くなってしまった蒼真くんたち四人の後ろ姿を見る。

素直《すなお》に差し入れして受け取ってもらう姿は楽しそうだった。

(私もあんなふうに楽しみたい。蒼真くんに気持ちを伝えたっていう、思い出がほしい)

だから、と、未紅はこぶしを握《にぎ》り締める。

(リリコにはああ言ったけど、やっぱり私も蒼真くんにチョコを渡《わた》そう……!)

たとえ無謀《むぼう》でも、身の程《ほど》知らずでも。

(きっと、このまま気持ちを抑《おさ》え込んで何も言えないまま終わっちゃうよりいいもの!!)

告白なんてされたことはない。

彼氏ができたこともない。

恋愛《れんあい》経験なんて全くない。

だけど、だから、せめて初めて好きになった憧れのひとに、チョコレートくらい贈《おく》りたい。

（私の初恋を、大事にしたい――）

未紅は、そう決意したのだった。

Episode.2

咽返《むせかえ》る魅惑《みわく》のキャラメル

2-1 ❤ 親友ふたりの会話

蒼真くんに会った翌日の土曜日、未紅は自分の部屋でリリコを待っていた。

（もうすぐかな？）

時計を見ると、約束の時間は近い。

キッチンからはコーヒーの香《かお》りがただよってきていた。


まずはリリコに謝ろう。そう思った未紅は、『話したいことがあるんだ』とリリコに連絡《れんらく》したのだ。

そうしたら、リリコは『どうしたの？』と心配してくれ、バレンタインチョコ作りの打ち合わせもしたいから、と、さっそく翌日未紅の家に来てくれることになった。

（リリコには全部話そう。蒼真くんに会ったことも、蒼真くんに憧れてるだけじゃなく、本気で好きになっちゃってることも）

恋愛相談するのももちろん初めてなので緊張《きんちょう》してくる。

(そういえばリリコも初恋はまだだよね。どんな反応されるのかな)

「リリコちゃん、いらっしゃい！」という未紅のパパの声が聞こえた。

「おじさん、おばさん、こんにちは。お休みの日にお邪魔《じゃま》しちゃってごめんなさい……。あの、これ、うちの母からです」

廊下《ろうか》に出ると、リリコが控《ひか》えめな笑顔《えがお》で両親にあいさつをしている。

ママが普段《ふだん》より高い声で「まぁ、ありがとう。お母さんによろしく言っておいてね」と、リリコから手土産《てみやげ》を受け取っていた。

パパがリリコに笑顔を向ける。

「リリコちゃんみたいに真面目《まじめ》で礼儀《れいぎ》正しい子が友達だと安心だよ。未紅をよろしく」

「わたしこそ、未紅ちゃんにお世話になってるんで……」

(もう、パパったら！)

未紅は大きめの声を出して「リリコ、いらっしゃい」とわりこむ。

リリコがほっとしたような表情をした。

「パパとママはあっちに行ってて！　ほらリリコ、入って入って」

「いつもうちの親がごめんね。パパもママも、リリコのことすごい気に入ってるの」

リリコを部屋に入れた未紅が謝ると、リリコは「気にしないで。未紅ちゃんのご両親、礼儀に厳しいからちょっと緊張しちゃうけどね」と笑った。

部屋に入ったリリコの視線が、未紅の机の上に向けられる。

「あれ、未紅ちゃん、これ古典のノートだよね。勉強してたの？」

「ううん、多田《ただ》くんに貸してほしいって頼《たの》まれたからチェックしてただけ」

「多田くんに？　そんなに仲良かったっけ……？」

リリコに不思議そうな顔をされるが、未紅だって不思議だ。

多田くんはただのクラスメートで、とくに仲が良いわけでも何でもない。

「私もそんなに仲良いとは思わないんだけど、このあいだ風邪《かぜ》で休んだ日のぶんを写させてほしいって頼まれちゃったから。席も近いし、頼みやすかったんじゃない？」

事実をありのままに話すと、リリコが「それって……」と顔をゆがませた。

「どうしたの、リリコ？」

未紅が聞くと、リリコはちょっと考えるような顔をしてから首を横に振《ふ》った。

「……いいの。未紅ちゃんは気にしないで」

「そう？」

そう言われても、リリコの様子はなんだかおかしい。

まるで何か苦いものを飲み込んでるみたいな顔だ。

未紅としては、ちょっと気になる。

だけど、リリコは嫌《いや》なことを振り切るように笑顔をつくってみせた。

「未紅ちゃんは恋愛とか興味ないもんね。そういう女子っぽいのはわたしの担当。だからバレンタインも未紅ちゃんは何もしないんだし――」

「！　そのことなんだけど」

「未紅ちゃん？」

リリコの言葉をさえぎる。

おどろいた顔をしたリリコに、未紅はいきおいよく頭を下げた。

「ごめん、私、やっぱりチョコレート渡したい！　蒼真くんが好きなの――……！」

「そっか、未紅ちゃん、蒼真くんのこと好きなんだ……」

「うん、そうみたい。……なんか恥《は》ずかしいけど」

遠い目をしてつぶやくリリコに、未紅は困ったような笑みを向ける。

どうして、なにがあったの、と質問をどんどんしてくるリリコに、中庭で蒼真くんと会ったこと、自分の気持ちに気付いたことなんかを全部話したあとだった。

「そっかぁ……」

「リリコ？」

なぜか暗い顔をするリリコに、未紅はなんだか不安になる。

（もしかしてリリコも蒼真くんのこと好きだった、とか？）

だとしたら、未紅はどうすればいいんだろう。

（どうしたら――）

ごくり、と未紅は息をのむ。

ちいさな声で問いかけた。

「リリコも、蒼真くんのこと本気で好き、とか？」

「ううん、それはないよ！」


（そ、そうなの？）

あきれるほどきっぱりとした否定に、未紅のほうが慌《あわ》ててしまう。

だけどリリコはあっさり「もちろん憧《あこが》れてるけど、付き合いたいとかそういう気持ちはないもん」と続ける。

「じゃあ、どうしてなんか暗いの？」

「それは……」

未紅の問いかけに、リリコが眉《まゆ》を寄せた。

「……なんか、未紅ちゃんが遠くに行っちゃう気がして」

「え？」

どういうことだろう。首をかしげると、リリコが急に未紅に近づいた。

「未紅ちゃん、ひとりで大人になっちゃわないでね……！」

「大人？」

どういう意味だろう。

未紅がまばたきをしているあいだに、リリコは「信じてるから」と勝手に話を終わらせてしまう。何もなかったみたいな明るい笑顔で「とにかく」と話を変えた。

「じゃあ今年のバレンタインは未紅ちゃんといっしょに楽しめるね。蒼真くんにどんなチョコを贈《おく》るか、いっしょに考えよう！」

(そっか、チョコを贈るとなったら考えることがいろいろあるんだ。チョコの種類とか、ラッピングとか、メッセージカードとか)

リリコの言葉に想像がふくらんで、未紅の頰《ほお》が熱くなる。

(なんか、どきどきしてきちゃったかも)

初めての恋《こい》で、初めてのバレンタインチョコなのだ。

きっと、どきどきしないほうがおかしい。

「未紅ちゃん、楽しみだね」

ふふふ、と笑うリリコに、未紅はちょっと照れながらうなずいた。

「うん、リリコ、よろしくね──……!」

2-2 ❤ バレンタイン当日

それからバレンタインまでの数週間、未紅はリリコと準備に駆《か》けまわった。

休み時間にはチョコの種類を相談、放課後にはお店めぐり。

あっちのお店に行ってラッピングの箱を買い、こっちのお店に行ってリボンを買い、ほかのお店に行ったらもっとかわいい包装紙があって迷って、結局〝予備〟なんて言って二個目、三個目のラッピング材を買って。

休みの日にはお菓子《かし》の材料を大量に買ってリリコの家でチョコを作った。

本当は道具がそろっている未紅の家のほうが良かったのだけれど、未紅のパパはかなり厳しい。バレンタインのチョコを男子に渡《わた》すなんて知られると絶対反対されるに決まっている。

だから、未紅がこっそり道具をリリコの家に持って行って使って、こっそりキッチンに戻《もど》したりもした。

準備しているあいだ、未紅が考えたのは蒼真くんのことばかりだ。

（蒼真くんは受け取ってくれるかな）

（蒼真くんなら、どんなラッピングをかわいいって思うんだろう）

（蒼真くん、おいしいって思ってくれたらいいな）

（でも、受け取ってもらえなかったらどうしよう？）

他人が見たらずっと真顔だったろうけど、頭のなかでは思いっきり百面相をしていた。

悩《なや》んだり、考えたり、妄想《もうそう》して照れたり、逆に暗い想像をして落ち込んだり。

楽しいような怖《こわ》いような気持ちをたくさん経験して、でも結局やっぱり初めての経験にうきうきして。

何度も試作品を作って、食べてをくりかえして、そして。

（やっと完成したんだよね――……！）

バレンタイン当日。

未紅は放課後遅《おそ》くまで教室に残っていた。

(今日一日ずっとどきどきしてたのに、もっと緊張《きんちょう》してきちゃったな)

蒼真くんはあいかわらずモテていて、学年に関係なく多くの女子にチョコを贈られていた。

すごい騒《さわ》ぎだったので未紅も知っている。

あまりに激しくて、未紅もリリコも渡しに行けなかったのだ。

(でも、そのほうが良かったかも。本人に手渡しとか、心臓が破裂《はれつ》しちゃいそうだもん)

結局タイミングがないまま放課後になり、リリコの案で蒼真くんの机に置いておくことにしたのだ。

(手渡しはできないけど、メッセージカードをつけたからいいよね)


未紅が用意したのはシンプルな箱。

手のひらに乗るくらいの、ささやかなサイズだ。

(さんざん悩んだけど、やっぱりあんまりかわいすぎるのは照れくさいもの)

ただ、すこしは背伸《せの》びしたくて、リボンだけは大人っぽい黒いレースのものを選んだ。

(蒼真くんに気に入ってもらえたらいいんだけど)

箱の中身はチョコではない。

手作りの、甘いキャラメルだ。

「未紅ちゃん、ほんとにチョコじゃなくて良かったの？」

おなじように鞄《かばん》からチョコを出してきたリリコが未紅に問いかけた。

ちなみにリリコが持っている箱の中にはトリュフチョコが入っている。

未紅といっしょに作ったもので、ラッピングだけはおそろいにした。

リリコに聞かれ、未紅はちょっと照れながら「うん」とうなずく。

「だって、いかにもバレンタイン！　本命チョコ!!　って感じにしちゃうのも恥《は》ずかしいし」

未紅の答えにリリコが首をひねった。

「そういうものかなぁ……？　私は、いかにもって感じなほうが好きだけど」

「リリコはいかにも女子って感じだから、それでいいと思うよ。でも、いつもシンプルなカジュアル服の子が急にフリルとレースとリボンたっぷりの甘々コーデとかするのって勇気いるでしょ？　そういう感じなの」

（実際、私あんまり女子っぽい行動とかしたことないんだもん。これが限界！）

これからチョコレートを渡すってだけで、十分どきどきしているのだ。

(これ以上いつもの自分らしくないことなんて緊張しすぎて無理だよ)

鼓動《こどう》が速いと自分でも分かる。

リリコが「そういうものなんだ……？」と納得《なっとく》したようなしてないような顔でうなずいた。

「まあ未紅ちゃんがそれでいいなら、いいよね。さ、いっしょに行こう！」

「うん……！」

リリコに手を引かれ、未紅は人の少ない廊下《ろうか》を歩きはじめた。

「失礼します」

ちいさな声で言ってから、未紅は2年6組の扉《とびら》を開けた。

(よかった、誰《だれ》もいない)

人がいたら気まずいところだったので、まずは安心する。

窓からさしこむ夕日が、白い壁《かべ》と黒板、並んだ机と椅子《いす》を赤く染めていた。

静かな教室に未紅とリリコの靴音《くつおと》がひびく。

(ここが蒼真くんの普段《ふだん》勉強してる教室なんだ)

そう思うと、おなじような教室のはずなのに急に輝《かがや》いて見えるから不思議だ。

(蒼真くんはどんなふうに授業受けてるのかな。たしか数学が得意なんだよね)

ついそんなことを考えて、恰好《かっこ》いい、と妄想してしまう。

リリコが立ち止まって声をあげた。

「蒼真くんの机、これだよね……?」

「!」


声につられて近づくと、リリコはチョコレートが山積みになった机の前に立っていた。

(これは……)

未紅の顔がひきつる。想像以上のチョコの多さだった。

(さすが蒼真くん、人気ありすぎ!)

ちょっと怯《おび》えちゃうくらいだ。

けれどリリコは未紅と違《ちが》って気にした様子はなく、ちょっと考えてから自分のチョコをチョコ山の上に置いた。

未紅はこんなに緊張しているのに、リリコはとっても普通《ふつう》だ。

「よし、と……! ふふ、これで完璧《かんぺき》だね」

「う、うん」

「あれ、未紅ちゃんも置いたら？」

「そ、そうだね」

うまく喋《しゃべ》れていないのが自分でも分かる。だって喉《のど》がひきつっているのだ、仕方ない。


リリコにうながされ、未紅は手にしていた箱を握《にぎ》りなおした。

（リリコってば、どうして普通にできるんだろう。私はこんなにどきどきしてるのに）

バレンタイン、ずっと憧《あこが》れていた初恋《はつこい》のひとの机にプレゼントを置く。

それだけのことなのに、それだけのことが簡単にできない。

（体が震《ふる》えて、うまく動かせない）

心臓の鼓動は痛いくらいに大きく感じて、頭に血がのぼっている。

（だめだ、手に汗《あせ》がにじんでるし最悪）

恥ずかしいし、照れくさいし、緊張するし、でもせっかく頑張《がんば》ったから受け取ってほしい。

（がんばらなきゃ……！）

いろんな気持ちをこめて、未紅はキャラメルの箱から手を離《はな》した。

（――お、置けた‼）

未紅のキャラメルは、たしかに蒼真くんの机にのせることができた。

（この気持ちが蒼真くんに伝わりますように……！）


「良かったね、未紅ちゃん。じゃあ――」

帰ろうよ、とリリコが言おうとしたとき。

廊下のほうで何かが落ちる音がした。

「！」

誰かがいる。

とっさにそう思って、未紅はおもわず身構えてしまう。

――コン！　と、未紅の手が白い箱にぶつかった。


（やっちゃった！）

ころろろ、と、きれいな白い箱が床《ゆか》を転がる。

廊下の物音に慌《あわ》てるあまり、未紅はチョコ山の端《はし》にあった箱を落としてしまったのだ。

（いつも真顔とか無表情とか言われてた私が、こんなに簡単に動揺《どうよう》することになるなんて！）

恋愛《れんあい》っておそろしい。

リリコも未紅の反応におどろいたらしくて、「未紅ちゃん、大丈夫《だいじょうぶ》？」とたずねてくる。

「ごめん、すぐに拾う！」

（せっかくのプレゼントなのに悪いことしちゃった）

リリコに答えながら未紅は慌てて屈《かが》みこむ。

拾い上げると、幸いなことに白い箱は汚《よご》れていなかった。

（よかった……。それにしても綺麗《きれい》なラッピングだな）

未紅はつい、手にした箱をじろじろと見てしまう。

清楚《せいそ》な純白の箱に焦《こ》げ茶色のサテンリボン。

挟《はさ》まれたメッセージカードにはレースのような細かい模様がある。

かわいいだけじゃなく大人っぽい、いかにも高級品といった感じだ。

（これ、絶対本命だよね……――って、見とれてる場合じゃないか。ちゃんと戻《もど》しておこう）

壊《こわ》してしまわないよう、慎重《しんちょう》に箱を拾って元の場所に置きなおす。

ちらりとリボンに挟まれたメッセージカードが見えた。

『白坂樹里』、という名前が。

(────え)

全身に、冷たい水をかぶせられたような気がした。

「い、行こう、リリコ！　もう置き終わったしっ」
白坂樹里、と書かれたメッセージカード。
あれはきっと、樹里先輩《せんぱい》から蒼真くんへのチョコレートなんだろう。
まちがいない。
(見ちゃった……！)
未紅の鼓動が速くなる。
さっきまでは緊張《きんちょう》のせいだったけれど、今はきっと不安のせいだ。
「未紅ちゃん!?」と、リリコの驚《おどろ》いた声が聞こえる。

だけど、未紅は走りださずにいられない。

2年6組の教室から逃《に》げ出してしまう。

(あのラッピング、絶対に本命だ)

廊下《ろうか》を走りながら、未紅は白い箱のことを考える。

かわいくて綺麗で大人っぽい、樹里先輩そのものみたいなチョコレート。

(樹里先輩は蒼真くんが好きってこと?)

はぁ、はぁ、と、未紅の呼吸がひどく大きく聞こえる。

すれ違ったサッカー部員らしき生徒たちに変な顔で見られたけれど、気にしていられない。

(あのチョコを蒼真くんが受け取る。そうしたら、ふたりは付き合いはじめるかもしれない)

だって樹里先輩は誰《だれ》が見ても完璧で、完璧な蒼真くんとお似合いなのだ。

なにより。

(ふたりは、ロミオとジュリエットだから)

部活のルールさえ関係なくなれば、付き合うのかもしれない。

そう言ったのは未紅自身だった。

(見たくなかった)

後悔《こうかい》しても、どうにもならない。

忘れたくても、忘れられない。

(ほんのちょっと前まで、蒼真くんにチョコを贈《おく》った達成感で幸せだったのに)

今は心が痛くてたまらない。

(蒼真くんは、明日《あした》、返事をするのかな)

じわりと涙《なみだ》が浮《う》かんでくる。

たくさんのチョコの山のなかで、蒼真くんに求められているのは一個だけ。

樹里先輩のチョコ以外は、きっと蒼真くんを困らせてしまうだけだ。

（あんなこと、書かなきゃ良かった）

自分の書いたメッセージを思い出して、未紅は唇《くちびる》を強く噛《か》む。

未紅が書いたのは、たった二行。

『一昨年《おととし》の四月、電車で痴漢《ちかん》から助けてくれてありがとうございました』

『好きです』

まるで返事を欲しがってるみたいで照れくさくて、名前も書かずに贈ったのだ。

咽《むせ》返るほど甘いキャラメルに添《そ》えて。

（好きなんて、迷惑《めいわく》にしかならないのに――）

未紅が廊下を走っていたころ、リリコはまだ2年6組の教室にいた。

未紅を追いかけようとして立ち止まったのだ。

リリコは何も言わず、じっと蒼真くんの机に積まれたチョコを見る。

やがて、誰も見ていないかどうか確認《かくにん》した後で。

「…………」

そっと、チョコの山に手をのばした。

2-3 ♥ バレンタインの夜、未紅の部屋

その日の夜、未紅は晩御飯《ばんごはん》もろくに食べず、すぐに自分の部屋に閉じこもった。

夜遅《よるおそ》くに帰ってきたパパに「はい」とチョコを渡《わた》したら嬉《うれ》しそうにしてくれたけれど、すぐに厳しい顔で「男の子にチョコなんてあげてないだろうな。不純異性交遊なんて、まだ早いぞ」と言ってくる。

とたん、蒼真くんと樹里先輩のことを思い出して「そんなの分かってる!」と言い捨てて、

また部屋に戻った。

なのに、「そうか、そうか。未紅にはまだ早いよな」なんて、パパは嬉しそうにしている。

（娘《むすめ》が失恋《しつれん》して泣いてるっていうのに、パパの馬鹿《ばか》！）

この一か月間、あんなに楽しかったのに。

朝も、すごくどきどきしていたのに。

（もう、最悪）

今まで生きてきて、いちばん最低な一日だった。

2-4 ♥ バレンタイン翌日、教室にて

バレンタイン当日は学校全体が騒《さわ》がしかったけれど、一日経《た》つと元に戻《もど》る。

もう女子はチョコを隠《かく》し持って緊張することもないし、男子も女子をちらちらと見ながら意識することもない。いつも通りの朝だった。

「リリコ、昨日は本当にごめん!!」

一時間目がはじまるまでの短い時間。

生徒たちが教室で雑談するなか、未紅は手を合わせてリリコに頭を下げる。

リリコが「やだなぁ、未紅ちゃん、昨日から何回も聞いたよ」と苦笑《くしょう》した。

昨日、未紅は混乱しすぎて、リリコを待たずに帰ってしまったのだ。

(気付いたら鞄《かばん》を持って電車のなかにいたんだよね……)

自分でもどれだけショックだったんだと突《つ》っ込みたくなる。

いそいでリリコに連絡《れんらく》したが、リリコは「気にしないで、明日学校で」と返信してきたのだ。

そして会った今朝の電車から、未紅はリリコに謝り通しだ。

「ほんとにもういいよ、未紅ちゃん。……それより、どうしてあんなに慌《あわ》てて出て行ったの？」

「それは――」

(……リリコになら話してもいいよね？)

自分で自分に問いかける。

見てしまった、樹里先輩《せんぱい》から蒼真くんへのチョコレート。

それで湧《わ》いてしまった、不安な気持ち。いやな気持ち。

(ぜんぶリリコに話したい。そうしたらすっきりできる気がするもの。……話そう！)

覚悟《かくご》を決めて話しかけたとき、教室がざわついた。

「あれって」「なんで文系棟《とう》に⁉」「かっこいい！」

女子生徒を中心に声があがる。

なんだろう、と未紅が顔を上げると、リリコが顔を赤くして「うそ……」とつぶやいていた。

リリコの視線が向かっているのは教室の扉《とびら》付近だ。

(誰《だれ》か来たの？)

つられて、未紅も目を向ける。

そこにいたのは。


「――――見つけた」

蒼真くん、そのひとだった。

（蒼真くんがうちのクラスにいる⁉　なんで？）
おどろきすぎて、未紅は声が出ない。
なのに。
つかつかと蒼真くんが教室のなかに入ってきた。
そして話しかける。

「あのさ」と。
未紅にむかって。

（蒼真くんが私に話しかけてる……！）
あの蒼真くんが、どうして未紅に話しかけているのか。
理由が全く思いつかないし、現実とは思えない。
（まつげ、長いんだ）
未紅としてはそんなことしか考えられない。
目の前に、蒼真くんの整った顔が近づく。

間近で見ても、蒼真くんはやっぱり恰好《かっこ》良くて。
きれいな黒い瞳《ひとみ》に、未紅が映る。
「バレンタイン、ありがとう」と、やわらかい低音が未紅の耳にひびいた。
「え……」
（受け取ってくれたの？）
しかも、お礼をわざわざ言いに来てくれたっていうんだろうか。
未紅には信じられない。なにもかも。
だけど。
蒼真くんは未紅の混乱なんて知らない顔で、照れくさそうに目を伏《ふ》せた。
「……良ければ俺と付き合ってくれませんか？」
（ええええええええ！）

声にならない絶叫《ぜっきょう》をあげて、未紅は硬直《こうちょく》した。

(蒼真くんが私に告白？　う、うそでしょ)

信じられない。

まったく、ぜんぜん、信じられない。

だって相手は、あの〝蒼真くん〟なのだ。

(スポーツ万能《ばんのう》で成績も良くて学校一恰好良くてファンクラブまであって……

……そんな蒼真くんがどうして私に⁉)

もう、何か裏があるとしか思えない。

未紅の気持ちは急上昇《きゅうじょうしょう》したり急降下したりで大変だ。完全に冷静さを失っている。

だけど、やっぱり他人から見ると未紅の表情は分かりにくいらしく。

なにも言えずに突っ立っている未紅に、蒼真くんは「ごめん」と傷付いたような顔をした。

きっとたいていの人が思うように、怒《おこ》っているように見えたのだろう。

蒼真くんが言う。

「俺、かってに突っ走っちゃって。いやなら――」

「そ、そんなことない！」

とっさに未紅の口からついて出た言葉だった。

（言っちゃった……！）

恥《は》ずかしくて顔が熱くなる。

（でも……事実だもん、言ってもいいよね？）

自分で自分に言い聞かせる。

蒼真くんと付き合うのが嫌《いや》なんて、そんなわけない。

そんな女の子、きっとどこにもいない。

（それに私は蒼真くんが好きなんだもの）

どういう偶然《ぐうぜん》か、奇跡《きせき》なのか未紅には分からない。
だけど、このチャンスをみすみす逃《のが》したくはなかった。

未紅の言葉に、蒼真くんが目を見開く。
「じゃあ」と、蒼真くんが息を吸い込んだのが分かった。

「俺と、付き合ってください――！」

「……！」
きっぱりと、まっすぐなまなざしで言われて未紅の胸がいっぱいになる。
(本当に、本当なんだ)
夢じゃない。
それが嬉《うれ》しくて、でもやっぱり信じられなくて、もう何もかも限界で。
はい、の代わりに、未紅はコクコクと首をたてに振《ふ》る。

(声なんて出せない。こんなとき、なんて言えばいいのか分かんないよ……!)
体中が熱くて何も考えられないのだ。
すると。

「良かった……!」

(え?)
ほっとした声で言って、蒼真くんが笑顔《えがお》を見せた。
嬉しそうに、幸せそうに。
とても、楽しそうに。

(蒼真くんのこんな嬉しそうな笑顔、はじめて見た……!)
どちらかというと、いつも無表情なイメージのほうが強い。
ときどき未紅が見た笑顔だって、もっと大人っぽい優《やさ》しい笑みだ。
相手をいたわってくれる、癒《いや》しの微笑《ほほえ》み。
(だけど、いまの蒼真くんはまるで子供みたい)

安心しきって、全身で喜んでいる。
(蒼真くんも、こんな表情するんだ)
知らなかった蒼真くんの表情。
(それを見せてくれたのは……私が、付き合うことにＯＫしたから?)

「……っ」

むずむずと、心臓の反対側のあたりから何かが這《は》い上がってくるような気がする。
もしかしたら、これが〝おもはゆい〟っていう気持ちなのかもしれない。
(嬉しいような、恥ずかしいような)
自分の存在で蒼真くんが違《ちが》う面を見せてくれたのだとしたら。
そんなにも、蒼真くんに影響《えいきょう》を与《あた》えているのだとしたら。
(……そんなの、ときめいちゃう……!)

どきどきしすぎて、何も聞けない。

蒼真くんが「あらためて」と、未紅をまっすぐに見た。

「俺は2年6組、蒼真怜」

「あ、私、2年2組の初音未紅」

蒼真くんにつられて、未紅も自己紹介《しょうかい》をする。

初音未紅、と、蒼真くんが未紅の名前をくりかえした。

(蒼真くんが私の名前を呼んでくれてる……!)

それだけで、夢の世界みたいだ。

朝の予鈴《よれい》が祝福の鐘《かね》に聞こえる。


「じゃあ初音さん。これから、よろしく」

誠実そうな声で言われ、未紅はぼうっとした頭で、またこくこくとうなずいたのだった。

Episode.3

苦いものはまだ嫌いなの

3－1．休み時間の相談

3－2．彼氏との時間

3-1 ❤ 休み時間の相談

「まだ信じられない……」

休み時間、机に突《つ》っ伏《ぷ》しながら未紅はうめくようにつぶやいた。

「そりゃそうだよね、わたしも信じられない！」と、未紅の席に来たリリコが同意した。

蒼真くんの告白から、まだ一時間くらいしか経《た》っていない。

一時間目の日本史はまったく頭に入ってこなかった。

なんども蒼真くんの告白を思い出して赤くなったり、まさか夢なんじゃ、と自分をつねってみたり、未紅としては大忙《おおいそが》しだったのだ。

ちなみに、それはクラスメートも同じだったようで、クラスの女子は未紅の様子に興味津々《きょうみしんしん》だった。休み時間には他《ほか》のクラスの女子まで未紅を見に来ている。

みんな、あの蒼真くんがつくった初めての彼女が気になって仕方ないのだ。

（私もおなじ立場だったら気になっちゃってたもんね）

気持ちが分かるだけに、抗議《こうぎ》もしにくい。

「まぁ女子が『初音さんなら納得《なっとく》』って言ってくれて良かったよね」

リリコが未紅の鞄《かばん》から勝手に密封袋《みっぷうぶくろ》を出して、なかに入っていたキャラメルを舐《な》めて言った。

蒼真くんに贈《おく》るため作ったキャラメルの残りだ。

（……そうなんだよね）

リリコの言葉に、未紅は心のなかでうなずく。

クラスの女子も、他のクラスから見に来た女子も、なぜかほとんど〝仕方ない〟みたいな顔をして祝福してくれたのだ。不思議なことに。

「変だよね。みんな、なんであんなに優しいんだろう。女神《めがみ》なのかな。私だったら嫉妬《しっと》しちゃうと思うけど」

「未紅ちゃんってば本当に無自覚だよね……。優しいお姉さん系の樹里先輩《せんぱい》じゃなかったとしても、きりっとした美人系の未紅ちゃんに対抗《たいこう》しようと思う子なんていないよ」

「リリコってばなに言ってんの？」

心底意味が分からなくて首をかしげると、リリコが「いいから、口開けて」と、未紅の口にキャラメルを投げ入れてきた。

甘い香《かお》りが口のなかに広がる。

「これから未紅ちゃんが遊ぶ相手は蒼真くんになるんだよね……。彼氏なんだから」

リリコの声が聞こえた。そのなかに、寂《さび》しそうなひびきがあることに未紅は気付けない。

彼氏、という言葉に心を奪《うば》われてしまっていた。

(蒼真くんが彼氏——……)


なんど考えても夢のようにしか思えない。

まるで、おとぎばなしのシンデレラだ。

(まさか私がシンデレラになれるなんて。リリコのほうがよっぽどシンデレラっぽいのに)

強気な自分はシンデレラより、リリコを守る騎士《きし》だと思っていた。

「………冷静に考えて、なんで私なんだろ」


「未紅ちゃん?」

ぽつり、とこぼした未紅の言葉に、リリコが首をかしげる。

未紅はいきおいよくリリコを見上げた。

「だって、おかしくない？　ついこのあいだまでほとんどしゃべったこともないのに、どうして私が蒼真くんと付き合ってもらえるの？」

（そう、変だよ！　うまくいきすぎ!!）

蒼真くんへの恋心《こいごころ》に気付いたり、チョコをあげることに夢中になったり、蒼真くんからの告白で浮《う》かれたりしていたけど、同じくらい混乱もしていた。

リリコが気まずそうに未紅から目をそらせて「たしかに変だよね……」と言う。

なぜか妙《みょう》に冷たい声で質問された。

「……バレンタインに、何かあったんじゃないの？」

「え？」


（バレンタイン？）

そういえば、と未紅は思い出す。

蒼真くんは〝バレンタインありがとう〟って言っていた。

ということは、未紅のキャラメルを受け取ってくれたんだろう。

未紅はリリコにうなずく。

「カードに告白っぽいことはしちゃったけど」

「じゃあ、きっとそれじゃないのぉ」

「でも」

未紅が、すがるようにリリコの顔をのぞきこんだ。

「！」

リリコが不自然なくらいに怯《おび》えた顔で肩《かた》を揺《ゆ》らす。

だけど、いまの未紅にはリリコを気遣《きづか》うことができない。

「私は名前もクラスも書いてなかったんだよ。どうして私って分かったんだろう」

考えれば考えるほど、変だ。

「…………」

未紅の問いかけに、リリコは何も答えない。

（こんなの突然《とつぜん》すぎる。蒼真くんが何を考えてるか全く分からないよ。なにより――）

未紅の頭に、白い箱が思い浮かんだ。

「蒼真くん、樹里先輩のことはどうしたんだろう」

（樹里先輩は蒼真くんに告白したんじゃないの？）

リリコが眉《まゆ》をひそめて「どういうこと？」とたずねてくる。

実は、と、朝にしかけた話を未紅はリリコに説明した。


話を聞き終わったリリコが、ため息をつく。

「樹里先輩、やっぱり蒼真くんのこと好きだったんだ……」

「リリコも本命チョコだって思う？」

「それはそうだよ。まさか、違《ちが》うと思ってる？」

「ううん、そんなことはないけど」

ちいさく首を横に振《ふ》ってから、未紅はそっと唇《くちびる》をかむ。

(だけど、やっぱり複雑な気持ちになる。樹里先輩が蒼真くんを好きってことも、蒼真くんがそれにどう答えたか分からないことも)

リリコが、ちいさな声でつぶやいた。

「未紅ちゃん、本当に蒼真くんが好きなんだ……」

「……………」

「……………」

ふたりのあいだに沈黙《ちんもく》が下りる。
未紅は蒼真くんと樹里先輩のことが気になってしかたなくて。
リリコはそんな未紅を無言で見つめる。
やがて。
だまって未紅を見つめていたリリコが、ゆっくりと口をひらいた。
「蒼真くんはサッカーを続けたくて、樹里先輩とは付き合えないって思ったのかもね」
(な――)
リリコの言葉に、未紅が目を見開く。
サッカー部は部内恋愛《れんあい》禁止。
未紅も知っている、有名なルールだ。
そして樹里先輩は卒業まではサッカー部のマネージャー。
(まさか……)
リリコの言葉で、未紅の心に嫌《いや》な想像が浮かんでしまう。
「樹里先輩と付き合っちゃいけないから、私と付き合うことにしたってこと?」

(そんな、代わりみたいな扱《あつか》いだったの——!?)

「…………」

リリコが一瞬《いっしゅん》だけおどろいたような顔をした。

だが、すぐに「ごめんね……」と未紅に謝ってくる。

「未紅ちゃん、怒《おこ》らないで。わたし、未紅ちゃんを傷付けたかったわけじゃないの」

「！」

(いけない、私ったらリリコに当たっちゃった)

しおらしいリリコに、未紅はあわてて「ううん、私こそごめん！」と謝る。

リリコがほっと胸をなでおろした。

「あのね、未紅ちゃん。わたしには蒼真くんがなに考えてるかは分からないよ。さっきのも、ちょっと可能性のひとつとして考えちゃっただけ」

「うん、そうだよね。分かってる、リリコは正しいよ」

たしかにリリコの言ったことは、可能性として全くないとは言い切れない。

(なんだか私、冷静になれてないかも)

蒼真くんへの初恋《はつこい》を自覚してから、自分が自分じゃないみたいだ。

(うじうじ悩《なや》んだりするのなんて嫌《きら》いだったはずなのに)

恋《こい》をすると、誰《だれ》もがこんな風に女々《めめ》しくなっちゃうんだろうか？

(馬鹿《ばか》みたい)

なさけなくてくやしくて、未紅はこぶしをにぎる。

だけど、どうすることもできない。

蒼真くんのことが、頭から離《はな》れないのだ。

(蒼真くんがどうして私を選んだかも分からないのに——)

「でも」と、リリコが声をあげた。

「え？」

「でも、未紅ちゃんにとってはラッキーでしょ？　理由は分からなくても、蒼真くんと付き合えるんだから」

「それは……っ」

淡々《たんたん》と言われ、未紅は息をのむ。いつもの気弱で臆病《おくびょう》なリリコとは別人のようだ。

ゆっくりと、リリコが顔を上げた。

底の知れない笑《え》みを浮《う》かべて。

（リリコ——？）

リリコが未紅に言う。

まるで、毒リンゴをさしだす魔女《まじょ》のように。

「蒼真くんが何を考えてるのかなんて知ろうとしないほうがいい。それより、へんに刺激《しげき》して今の関係が壊《こわ》れちゃうほうがもったいないと思わない？」

「…………！」

未紅の顔が青ざめる。

「せっかく〝彼女〟になれたんだからさ、未紅ちゃんは蒼真くんの彼女として楽しんだほうがいいよ？」

「でも樹里先輩《せんぱい》は」

「ふふ、未紅ちゃんは優《やさ》しいね。……甘すぎだよ？」

未紅の声をさえぎるように、リリコがふわふわの髪《かみ》を揺《ゆ》らして微笑《ほほえ》んだ。

「反対されても貫《つらぬ》き通すのが本当の恋でしょ」

誰かの反対で我慢《がまん》できる気持ちなんて、きっとニセモノだから気にしなくていいんだよ、と言って。


（ニセモノ――……）

甘い香《かお》りが、あたりにただよっていた。

3-2 ♥ 彼氏との時間

「それじゃ、今日はここまで。明日《あした》までに問5と問6を解いておくようにな」

「起立、礼、ありがとうございましたー」

「ありがとうございました」

言ったとたん、教室の空気が一気にゆるむ。

「授業長引きすぎだっつの」と文句を言う男子生徒や、いそいで友達のところへ行く女子生徒の姿がある。

(やっと昼休みか。なんだか今日は長く感じちゃった)

リリコに言われたことを考えているあいだに、古典も体育も英語も過ぎていってしまった。

とにかくお弁当を食べよう、と、いつもどおり未紅の席に向かってくるリリコに手を振《ふ》ったとき。


「────初音さん」


声に呼ばれて振り返った未紅は、硬直《こうちょく》した。

蒼真くんが立っていたからだ。

どうして、と、未紅が言うより前に、明るい声がわりこんできた。

「へー、この子が噂《うわさ》の怜のカノジョ？」

明るい金髪《きんぱつ》に甘い目じり。耳もとをかざるピアス。

堂々とした態度に自信を感じさせる、軽い雰囲気《ふんいき》の男子生徒。

彼は蒼真くんの肩《かた》に無理やり手をかけながら、すこし緑の混じった瞳《ひとみ》で楽しげに未紅を観察していた。

(このひと、たしか中庭で樹里先輩たちと一緒《いっしょ》に喋《しゃべ》ってたひとだ)

蒼真くんが嫌そうに眉《まゆ》をひそめ、肩にかけられた金髪男子の手をひきはがす。

案外、乱暴なしぐさだ。

「真也、ついてくんなって言っただろ……!」

「えー、だって気になるじゃん、怜のカノジョなんてさ。えっと君、未紅ちゃんだっけ? 俺黄寺真也。怜とは同じクラスでクラブもいっしょ。よろしくねー」

蒼真くんの怒《いか》りを軽く受け流し、黄寺真也と名乗った男子は未紅にあいさつをしてくる。

とっさに、未紅もあいさつをかえした。

「あ、初音未紅です」

「うん、知ってる! それにしても、噂以上に仏頂面《ぶっちょうづら》だね!! 怒《おこ》ってる?」

「………怒ってません」

（なに、このひと）

合わない。

そう心の底から思う。

怒ってる？　と聞かれることは多いけど、それ以上になんだかイラッと来る。

すぐに蒼真くんが「真也、やめろ」と言ってくれた。

「初音さんに謝れ。失礼だろ」

さっきとは全然ちがう、本気で怒っている様子だ。

（さすが蒼真くん、優しいし紳士的《しんし》！）

ぜひ黄寺くんにも見習ってほしい。

けど黄寺くんは、あいかわらずふざけた軽い調子で「ごめんねー、未紅ちゃん！　まぁ美人は怒るほど綺麗《きれい》に見えるしさ」などと言っている。

（もう何も言えない……）

馬鹿にされているとしか思えない。

蒼真くんが、黄寺くんの代わりに頭をさげた。

「ごめんな、初音さん。こいつ悪い奴《やつ》じゃないんだけど、ちょっと口が悪くて性格が最低なんだ」

「ええ怜、それって俺をいじめてるよね⁉」

「事実だろ」

「事実だから言ってほしくないっていうか」

「最低だな」

「怜ひどい！」

冷たい態度の蒼真くんに、黄寺が泣きまねをしてみせる。

（まあ仲がいいんだろうな、うん。それは分かった）

ふたりの会話に入れなくて未紅が無言でいると、「未紅ちゃん」とリリコが近づいてきた。

「リリコ」

「未紅ちゃん、どうしたの……？……蒼真くん、ですよね。それと――」

視線を向けられ、黄寺くんが「俺は黄寺真也ね。好きなものは焼きそばパン」と返す。

が、リリコが、聞いていないと言いたげに顔をしかめた。

無視することに決めたのか、すぐに未紅のほうに向きなおる。

「未紅ちゃん、ごはん食べようよ。いっしょに食べるでしょ？」

「あ、うん、そう――」

そうだね、と言いかけたとき。

黄寺くんが大声を出した。

「あっ、未紅ちゃんは怜といっしょに食べてきなよ‼」

(蒼真くんと――？)

未紅が目を見開く。

リリコが黄寺くんに「あの」と不愉快《ふゆかい》そうに声をかける。

だけど、今度は黄寺くんがリリコを無視した。

「ね、ほら、さっき未紅ちゃんに失礼なこと言っちゃったお詫《わ》び！」

「でもリリコが」

「リリコちゃん？　は、俺といっしょに食べればいーしっ。ね？」

黄寺くんに言われ、リリコの顔が「は？　嫌《いや》ですけど」と言いたげにゆがむ。

(そりゃそうだよね)

なのに黄寺くんは全く気にしなくて。

「ほらほらほら、怜、未紅ちゃんと仲良くな～。あ、しおりも読んでおけよっ」

黄寺くんによって無理やり、未紅と蒼真くんは教室を追い出されてしまったのだ。

(リリコ、ごめん……!)


「……ここでいいか」

以前、蒼真くんと二回目に話した中庭。

枯《か》れ草が風に揺《ゆ》られて音を立てる近くのベンチで、蒼真くんは未紅に座るよう、うながした。

(蒼真くんのとなりに座るって、すごく勇気がいる)

だけどひとりで立っているわけにもいかない。とりあえず未紅はそのまま、となりに座る。

「いただきます」と、蒼真くんが手にしていた袋《ふくろ》からパンとジュースをとりだした。

なにごともなかったような顔で食べはじめる。

(これ、私も食べないと変だよね? いや、そもそも授業あるし昼休みのあいだに食べなきゃいけないんだけど)

「………」

「………」

蒼真くんは無言で食べている。未紅も状況《じょうきょう》的に、食べざるをえない。

リリコと食べる予定だったお弁当はちゃんと持ってきている。

（とにかく、食べちゃおう）

未紅はおとなしく、お弁当を広げて食べはじめた。

緊張《きんちょう》しながらもおなかは減るので、未紅はちょっとずつお弁当をつついていく。

となりの蒼真くんが、ぽつりと口をひらいた。

「……今日は、ごめん。真也のことも。あいつなりに気を遣《つか》ってくれたんだ。俺が初音さんを誘《さそ》いに行ったこと、知ってたから」

蒼真くんの言葉に、未紅はすこしおどろいてしまう。

「私を誘いに？　どうして」

とっさに聞き返すと、蒼真くんが即答《そくとう》した。

「付き合ってるんだから昼くらいいっしょに食べれるかな、と思って」

「！」

（〝付き合ってる〟って蒼真くんの口から言われるとすごい衝撃《しょうげき》的……！）

恥《は》ずかしさのあまり、未紅はまた何も言えなくなってしまう。

そんな未紅の様子に、蒼真くんが心配そうな顔をした。

「……ごめん、いやだった？」

「え⁉　そ、そんなことないよ！」

（ていうか嬉《うれ》しいに決まってる‼）

心のなかで叫《さけ》んでしまう。

だが蒼真くんはもちろんそんなこと知るはずもなく、あからさまに安心のため息をついた。

「そっか、良かった。……初音さんのこと、いろいろ知りたくて」

言いながら、蒼真くんは未紅を見つめる。

それだけで胸がうずいて、未紅はかすれるような声で「ありがとう」と答えた。

（ほんと、恰好《かっこ》良すぎてずるい）

何もしていなくても見とれてしまう。

このままでは、ずっと蒼真くんに見とれて昼休みが終わってしまう。なにか話を変えなくては。

そういえば、と、黄寺くんの別れ際《ぎわ》の言葉を思い出した。

「蒼真くん、黄寺くんの言ってた『しおり』ってなんのこと？」

「ああ……。こんどの校外学習で鎌倉《かまくら》に行くだろ？　そのときの班で真也がリーダーなんだけど、あいつ、理系のくせに意外に文学とか好きでさ」

「たしかに意外」

（本なんて読まなそうなのに）

黄寺くんへの勝手なイメージで、未紅はおもわず同意してしまう。

「だろ？　ほんと意外なんだよ」と蒼真くんが笑った。

「けど、夏目漱石《なつめそうせき》の「こころ」でKと私が出会った海に行くとか、太宰治《だざいおさむ》が初めて心中を図《はか》った小動崎《こゆるぎがさき》に行くとか、すごい情熱なんだ」

「そんなに本格的なの？」

「あいつはサッカー部と文学部を兼部《けんぶ》してるくらいだから。それで、現地に行くまでにすこしでも作品を理解しろって言って、本の一部をコピーしてまとめたしおりを自分で作って班のメンバーに渡《わた》してきたんだ。それが、これ」

パンを入れていた袋から、蒼真くんが薄《うす》い冊子をとりだした。

渡されたのでパラパラとめくってみると、たしかに「こころ」や「人間失格《にんげんしっかく》」、中原中也《なかはらちゅうや》の詩なんかが載《の》っている。

「かなり本格的だね!? あの黄寺くんがこれをひとりで作ったとか意外すぎるんだけど」

未紅の素直《すなお》な感想に蒼真くんがふきだした。

「だよな! 家でひとりでコピーしたり切り貼《ば》りしたり冊子を綴《と》じてるあいつを想像して、俺もかなりびっくりした」

「これは読まなきゃいけないね。黄寺くんのためにも」

「俺は正直、こういうのちょっと苦手なんだけどな。初音さんはさっきの友達といっしょの班?」

「うん。灰野リリコっていうんだけど、そのリリコとかほかの女の子たちと江《え》ノ電《でん》に乗ったり鶴岡八幡宮《つるがおかはちまんぐう》に行ったりしようよって話してる」

「リーダーは?」

「いちおう、私。みんなに押し付けられちゃって」

おずおずと手をあげる。蒼真くんが「そうなんだ」とうなずいた。

「真也は自分からやりたがったけど、そうじゃないなら大変だよな」

(あ――)

なにげない言葉。

だけど、未紅はなんだか新鮮《しんせん》な気分になる。

（こういうとき、たいていのひとは〝いかにもリーダーって感じ〟とか〝似合ってる〟って言ってきたのに、蒼真くんはそんなふうに言わないんだ）

未紅はいつだって、見た目や雰囲気《ふんいき》、あまり変わらない表情のおかげで〝頼《たよ》りになる〟〝落ち着いている〟〝しっかりしている〟と勝手に評価されてきたのに。

（蒼真くんは、人を見た目とか雰囲気で判断しない）

そういえば、黄寺くんのことだって文学が好きなのは〝外見からして意外〟じゃなく、〝理系なのに意外〟と言っていた。

（ちゃんと人の中身を見てるんだ……）

とつぜん黙《だま》った未紅の顔を「？」と言わんばかりにのぞきこんでくる蒼真くん。

まっすぐな蒼真くんのまなざしに、未紅は心のなかで反省する。

（黄寺くんのことも、ちょっと話しただけなのに苦手とか思うのやめよう）

心に決めて、蒼真くんに「なんでもないの」と首を横に振《ふ》った。

「引き受けたのは私だし、鎌倉は一度行ってみたかったから楽しみなんだ」

「そうか」

「うん。まだまだ時間はあるし、蒼真くんも黄寺くんの冊子、読み込むのがんばってね」

(さいしょは緊張したけど、なんだかんだ言って自然に会話できてるな)

あの蒼真くんと未紅がふつうに話すことができているなんて、信じられない。

だが、未紅の言葉に蒼真くんがちょっと眉《まゆ》を上げた。

「……さっきも気になったんだけど、『蒼真くん』じゃなくて、下の名前で呼んでくれていいよ。むしろ、真也といっしょは嫌《いや》だ。付き合ってるんだから」

「！」

「俺も未紅って呼びたいし」

(えええ！)

名前で呼ばれるだけなのに、なんていう破壊力《はかい》だろう。

(まさか蒼真くんが私の名前を呼んでくれるなんて……！)

急に親しくなった感じがして、未紅の心臓がうるさく鳴る。

ただ、蒼真くんが未紅を下の名前で呼ぶってことは、未紅も蒼真くんを下の名前で呼ぶってことだ。

(そんな、いかにも彼氏彼女って感じのことしちゃっていいの？)

どきどきしすぎて、未紅が何も言えないでいると。

蒼真くんが、なにを誤解したのか落ち込んだ顔をした。

いつでも恰好《かっこ》いい完璧《かんぺき》男子が、どんよりとした雰囲気で背をちょっとだけまるくする。

「……もしかして、俺の名前覚えていないのか」

「いやいや、覚えてるよ！　蒼真怜くんでしょ」

あわてて未紅が答える。と。

「そうか……！」

蒼真くんが、いつもよりさらに爽《さわ》やかなキラキラした笑顔《えがお》を放った。

（ま、まぶしい！）

輝《かがや》きすぎて目がくらみそうだ。

そもそも。

（いちいち落ち込んだり喜んだり、子供っぽい反応がかわいいんだけど！）

未紅も蒼真くんの行動に一喜《いっき》一憂《いちゆう》しがちだけど、蒼真くんもおなじように反応してくれるなんて幸せすぎる。

「じゃあ」と、蒼真くんが未紅の顔をのぞきこんだ。

「俺のこと、怜って呼んで」

（うそ……）

どきどきと、未紅の心臓が早鐘《はやがね》を打つ。

緊張《きんちょう》しながら、言われたとおりに唇《くちびる》をひらいた。

「……怜、くん？」

かすれる声で言えば、蒼真くんがちょっと笑った。

「彼氏なんだから、〝くん〟はいらないだろ」

「じゃあ………怜？」

（蒼真くんのこと呼び捨てにしちゃった――――！）

表情には出ていないけど、未紅の頭は沸騰《ふっとう》しそうだ。

だって、まさか、あの蒼真くんを〝彼氏〟として呼び捨てにできるなんて。

だけど。

「――ん。よくできました、未紅」

嬉《うれ》しそうに、やわらかく微笑《ほほえ》んで。

蒼真くんが未紅に手をのばした。

「…………！」

ぽんぽん、と。

軽く髪《かみ》をくすぐるように、蒼真くんが未紅の頭を撫《な》でる。

(な——)

未紅の顔が一瞬《いっしゅん》で熱くなる。

(だって、まさか、そんな)

信じられない。

(ついこのあいだまで、話すこともろくにできなかったのに)

なのに。

(蒼真くんに頭を撫でられてるなんて——……！)

蒼真くんにとっては、なにげないしぐさなのかもしれない。

現に蒼真くんは変わらず楽しそうに微笑んでいる。
大人びた笑顔で未紅の頭を撫でている。
(でも、こんなの……)
こんなふうに近づくのも、触《ふ》れるのも。
蒼真くんが初めてなのだ。
……好きなひとが、初めてのひとなのだ。
(どきどきしちゃう――……!)
蒼真くんが、未紅を見つめる。
蒼真くんの手が、未紅の髪を撫でる。
(蒼真くんの手のひら、大きい)

やさしく未紅を撫でてくれる蒼真くんの手。
じんわりとぬくもりが伝わってくる。
大きな手の感触《かんしょく》は、なんだか守られてるみたいな気分にさせられて。
(頭を撫でられるなんて、いつぶりだろう)
ずっとずっと昔、子供のころにママとパパにされて以来かもしれない。
(こんなに安心するものだったんだ)
長い間されていないから知らなかった。
それとも、相手が蒼真くんだから安心するんだろうか。
(蒼真くんの、温かくて優《やさ》しい手だから?)
どきどきするのに安心する、初めての不思議な感覚。

(……幸せ)

ぬくもりに、未紅の胸が痛くなる。
幸せすぎて、苦しくなる。

（褒《ほ》められて頭を撫でられるなんて、まるで子供あつかいなのに）

ほんとうは「子供じゃないよ」と言いたい。

もっと大人の女性みたいに彼女っぽくあつかってほしい。

だけど、言えない。

（だって頭を撫でられて嬉しいなんて……実際、子供だもん）

ひとのことを外見で判断しなくて、未紅の言葉で落ち込んだり笑ったりしてくれて、だけどいつだって素敵《すてき》な、未紅を助けてくれた王子さま。

（リリコの言う通りかもしれない）

蒼真くんがどうして未紅と付き合ってくれたのかは分からない。

樹里先輩《せんぱい》とはどういう関係なのかも分からない。

だけど、すくなくとも今は未紅のとなりにいてくれている。

〝彼氏〟として。

（だったら——……今の幸せを満喫《まんきつ》したい）

今が、あまりにも幸せだから。

(蒼真くんに、嫌《きら》われたくない)

恋《こい》がこんなにも人を臆病《おくびょう》にさせるなんて、知らなかった。

「……帰りも、迎《むか》えにいっていい？　今日は部活ないから」

蒼真くんが未紅を見つめながら聞いてくる。

ほとんど無意識に、未紅はこくりとうなずいた。

『蒼真くんが何を考えてるのかなんて知ろうとしないほうがいい。

それより、へんに刺激《しげき》して今の関係が壊《こわ》れちゃうほうがもったいないと思わない？』

リンゴをさしだす魔女《まじょ》のように言ってきたリリコを思い出す。

毒の入ったリンゴは、酔《よ》いしれるほどに甘かった。

苦い罪の味にも似ていると、気付いていたのだけれど。

Episode. 4

あなたにならば見せてあげる私の……

4－1．体育館の裏手にて

4－2．帰り道

4-1 ❤ 体育館の裏手にて

理系クラスの蒼真くんと、文系クラスの未紅とでは校舎がちがう。

教室まで未紅を迎えにきてくれた蒼真くんは、おなじように教室まで送ろうとしてくれたけれど、さすがにそれは断って、二つの校舎の中間地点である体育館前でふたりは別れた。

放課後は校門前で待ち合わせだ。

(緊張《きんちょう》したけど、案外ふつうに喋《しゃべ》っちゃった)

校外学習のこと、おたがいの友達のこと、サッカー部のこと、未紅の趣味《しゅみ》が料理なこと。

蒼真くんが言っていたように、おたがいのことを知ることができた。

(なにより、蒼真くんが私の話を聞いてくれるのが嬉《うれ》しいな)

蒼真くんは優しい。

きっと、思っていた以上に。

表情には出ないけれど、未紅の足取りが軽くなる。

予鈴《よれい》が鳴って、昼休みが終わるまであと五分というとき。

どこかから声が聞こえてきた。

ケホッ、と、苦しそうに咳《せき》をする声が。

（……体育館の裏から聞こえる？）

気のせいだったら、それでいい。

未紅は念のため、体育館裏へと足を進めた。


めったに人がこない体育館の裏にある砂地。

そこに、ジャージ姿でうずくまる女子生徒の後ろ姿が見えた。

（な……！）

なぜか泥《どろ》で汚《よご》れたジャージ。黒いまっすぐな髪《かみ》も、泥で汚れている。

そばにある水たまりに転んでしまったのだろうか。

未紅の側からは彼女の顔は見えないけれど、どうやら口もとを手で押さえているらしい。

「大丈夫《だいじょうぶ》ですか⁉」

声とともに、未紅は急いで駆《か》け寄った。

女子生徒が「だいじょうぶ、です」と弱々しい声で言うけれど、とても信じられない。

(だってこのひと、私がとなりに来てもうつむいて口もと押さえたままだし)

放っておけなくて、未紅は彼女の背に手をかける。

すると、彼女がやっぱり顔をふせたまま苦しそうに言った。

「ほんとうに……いいの。その、……気分が悪いだけ、だから」

「！」

だから放っておいて、と、彼女は言う。

だけど、未紅にとっては逆だった。

なおさら放ってなんておけない。

「じゃあ、保健の先生を呼んできます！　あ、そのまえに――」

ふと気付き、未紅は颯爽《さっそう》とブレザーを脱《ぬ》ぎ。

迷わず、脱いだブレザーを地面に広げた。

「――はい、もし横になりたかったら、私のブレザーの上にどうぞ！」

未紅の言葉に、女子生徒がとまどう気配があった。

「え……？」

「じかに地面に寝転《ねころ》がるより、ちょっとはいいですよ」

（ずっと前、リリコがおなじように気分が悪くなったときブレザーを布団《ふとん》代わりに使ったことあるもんね）

自信をもって言いながら、未紅は地面に広げた自分のブレザーを指さす。


「あなた……」

女子生徒が呆然《ぼうぜん》としている。

未紅は安心させようと微笑《ほほえ》んだ。

「好きな体勢で休んでてください」

「でも」

「大丈夫です、余計なことは考えないで」

彼女に声をかけてから、未紅は校舎に向かって駆け出した。

「…………っ」

残された女子生徒は、気分の悪さに耐《た》えながら未紅に渡《わた》されたブレザーを握《にぎ》りしめる。

まるで、すがりつくように。

未紅が保健の先生を呼んできて、いっしょに保健室に運んで彼女がベッドに横たわるまで、ずっとずっと、女子生徒は未紅のブレザーにすがりついていた。

(せめて飲み物くらいはさしいれしておこう)

女子生徒を保健室まで連れて行ったあと、保健の先生に「ここはもういいから、あなたは授業に行きなさい」と言われた未紅だ。ブレザーもちゃんと、保健の先生が女子生徒の代わりに返してくれた。

だけどどうしても気になって、近くにあった自販機《じはんき》でジュースと水を買っていく。

コンコン、と保健室のドアをノックして、うながされるまま入室した。

保健の先生は事務仕事をしていたようで、振《ふ》り返って未紅を見る。

「あら、まだいたの？」

「はい、あの、飲み物を持って来たんです。どっちか好きなほうを、って思って」

「授業中のはずだけど……まぁお友達なら気になるわよね。もうずいぶん落ち着いたみたいだから、本人に聞いてみるといいわ」

保健の先生が立ち上がり、未紅をベッドが並ぶとなりの部屋へと招き入れる。

「いいわよね、白坂さん」


（白坂さん？）

聞き覚えのある名前に、未紅は目を見開いた。

白坂って、あの白坂樹里先輩《せんぱい》だろうか。

（言われてみれば、あのまっすぐな黒い髪は樹里先輩っぽかった気がする）

未紅が見つけた女子生徒は、ずっと口もとを手でおおってうつむいていたし、未紅自身もあせっていたから、顔はちゃんと見ていなかったのだ。

保健の先生が、ベッドを囲っていたカーテンを開ける。

（あ——……）

保健室で借りることができたのか、白いシャツに身を包んでベッドに眠《ねむ》っているのは、まちがいなく3年の白坂樹里先輩だった。

（まさか樹里先輩だったなんて……！）

ベッドの前で、未紅は二本のペットボトルを持ったまま立ち尽《つ》くす。

ちょうどそのとき電話が鳴って、保健の先生は「ごめんなさい、ちょっと電話に出てくるわ」と部屋から立ち去る。

同時に、眠っていた樹里先輩が起きはじめる気配があった。

きっと電話のベルのせいだ。

（どうしよう。なんだか気まずい）

樹里先輩は、未紅と蒼真くんが付き合いはじめたことを知っているかもしれない。

（でも樹里先輩も蒼真くんに告白したはずだよね？　そんな人にいったいどんな顔をすればいいの？）

だけど未紅が迷っているあいだに、「ん――」と目覚めた樹里先輩が未紅の姿を見つけた。

「！　あなた……蒼真くんの彼女さんの、初音さん？　よね」

「え、は、はい」

（知られてた――――！）

未紅の緊張《きんちょう》が頂点に達する。

けれど、樹里先輩が続けた言葉は予想外のものだった。

「あの、さっきはありがとう……！　おかげで、すごく助かった」

「え、いえ、ちょっと、起き上がっちゃだめですよ」

起き上がろうとする樹里先輩に、未紅はあわてて近づいて止める。

もう、ここまで来たらしかたない。

（心配なのも本当だし、ちゃんとお見舞《みま》いして帰ろう）

心に決めて、未紅は「あの」と、持っていたペットボトルをさしだした。

「ジュースとお水、どっちがいいですか？　なにか飲み物がいると思って。いらないほうは私がもらうから選んでください」

「…………！」

樹里先輩が、ただでさえ大きな瞳《ひとみ》をさらに大きく見開いた。

「あなたは……さっきもそうだったわね。見ず知らずの私のために、ブレザーを地面に敷《し》いてくれた。ためらいもしなかった」

樹里先輩の綺麗《きれい》な瞳が未紅を見つめる。

黒くて長い髪《かみ》が、さらりと音を立てた。

「……どうして？」

「どうしてって言われても、それは、ふつうのことですから」

（こんなに綺麗なひとに見つめられると、同性なのにどきどきしちゃう）

答えながら、未紅はとまどってしまう。

（樹里先輩こそ、どうしてそんなあたりまえのことを聞くんだろう）

樹里先輩が首を横に振った。

「あなたの前にも何人か通ったけど、みんな心配そうに足を止めることはあっても、声まではかけてくれなかったわ。きっと泥《どろ》だらけでうずくまってる変な人には声をかけづらかったんでしょう。私も気持ち悪くて助けを求められなかったし」

「そういえば、どうして泥だらけだったんですか？」

未紅の質問に、樹里先輩はすこし苦笑いをした。

「体育の授業中に気分が悪くなって、授業が終わったあと、すぐにあそこに行ったの。でもふらふらしていたから転んじゃって、水たまりにつっこんじゃった。まぬけでしょ」

樹里先輩の回答に、未紅はやっぱり、と思う。想像通りだ。

(あれ、でも)

「授業のあとならクラスの人とかはいなかったんですか?」

「あまり迷惑《めいわく》も心配もかけたくなかったから、ひとりにしてくれればいいって答えちゃったの。そのせいで、無関係なあなたにもっと迷惑をかけちゃった。ごめんなさい」

頭を下げられ、未紅は「いえいえ」と恐縮《きょうしゅく》する。

「本当に、ふつうのことをしただけですから」

「けど、ブレザーが汚《よご》れるかもしれなかったのに」

「?　汚れたら洗えばいいだけじゃないですか。体のほうが大事ですよ」

(そもそも、リリコでけっこう慣れてるんだよね)

だから未紅はあたりまえのこととして即答《そくとう》する。

だけど、樹里先輩は。

すこしのあいだ目を見開いたあと、ほっと息を吐《は》くように言った。

「――蒼真くんがあなたを選んだ理由、分かった気がする」

「え？」

あきらめたような、安心したような、複雑な表情で。

だけどたしかに微笑《ほほえ》みながら、樹里先輩はつぶやいたのだ。


（どういうこと？）

突然《とつぜん》言われても、未紅としてはわけが分からない。

しかし樹里先輩は気にせず、「お水のほう、もらっていいかしら？」と首をかしげる。

言われるままに、未紅はペットボトルをわたした。

「いまはお財布《さいふ》を持ってきてないから代金はあとで払《はら》うわね。……そういえばブレザーも、握《にぎ》りしめちゃったわよね。ごめんなさい、クリーニング代を出すわ」

「いえいえ、皺《しわ》にもなってないしクリーニングになんか出さなくて平気ですよ」

「じゃあせめて、お礼をさせて。先輩らしいふるまいをさせてほしいの。ね、お願い」

「………」

そう言われてしまうと、年下の未紅としては何も返せない。

（そういえば樹里先輩《せんぱい》、蒼真くんにもおなじようなこと言ってた気がする。先輩に甘えなさい、って。……責任感、強いひとなんだ）

見た目こそ儚《はかな》いし、今なんて実際に体調も悪いはずなのに、けっして甘えようとしない。

（樹里先輩って恰好《かっこ》いい）

凜《りん》としていて、綺麗だと思った。見た目だけじゃない、中身もふくめての話だ。

（どうして蒼真くんは樹里先輩を選ばなかったんだろう。サッカー部で禁止されてるから？）

こんなに素敵《すてき》なひとに告白されて、ＯＫしないなんて信じられない。

（ほんとうに私なんかが蒼真くんと付き合っていていいのかな）

樹里先輩は『理由、分かった気がする』と言ってくれたけど、未紅には逆だ。まったく分からない。

（蒼真くんには樹里先輩のほうがふさわしい気がするのに……）

考えているあいだに、樹里先輩と電話を終わらせた保健の先生に追い出されるようにして、未紅は授業に戻《もど》ったのだった。

「借りたものは蒼真くんづてに返すわね」と言う樹里先輩の笑顔《えがお》とともに。

4-2 ♥ 帰り道

放課後、未紅は蒼真くんとの約束通り、校門前で待っていた。

(待ち合わせとか緊張《きんちょう》しちゃう)

五時間目のとちゅうで教室に戻った未紅は、リリコに事情を説明しておどろかれた後、リリコからも「昼休みは黄寺くんとごはんを食べて最悪だった」と文句を言われた。

「だから放課後こそちゃんといっしょに帰ろうね」と言われたのだけれど。

(……ごめん、リリコ)

未紅は何度もリリコに言った言葉を心のなかでもう一度くりかえす。

帰りは蒼真くんと約束しちゃったの、と言った未紅に、リリコはかなり不満そうだった。

(当然だよね、リリコだって蒼真くんに憧《あこが》れてたのに)

いまは未紅が蒼真くんを独占《どくせん》してしまっているのだ。

リリコは恋愛《れんあい》じゃないから平気、と言ってくれていたけど、未紅としてはすこし気まずい。

(だけど)

「────お待たせ！　ごめん、遅《おそ》くなって……！」

理系校舎の方角から、蒼真くんが息をきらして走ってくる。

サッカー部のエースだけあって、走る姿がさまになっている。

未紅はあせる蒼真くんに、できるかぎり笑顔で「ううん」と返した。

リリコにも樹里先輩にも申し訳ないし、身の程《ほど》知らずだとは分かっている。

(だけど、蒼真くんと過ごせるのはこんなにも幸せなんだもの────)

学校から最寄《もよ》り駅までは歩いて五分ほどの距離《きょり》にある。

たくさんの生徒が歩くなかを、未紅も蒼真くんと並んで歩いていた。

「じゃあ、未紅はこれから塾《じゅく》なのか」

「うん、親がいい大学に行っていい会社に入れってうるさくて。蒼真くんは？」

「うちは放任主義だからな……。自分の選択《せんたく》には自分で責任を持て、としか言われてない」

昼間よりもさらに自然に、未紅は蒼真くんと会話できている。

そうなんだ、と言ってため息をついた。

「うちなんてお小遣《こづか》いが成績によって変わるんだよ。門限破ったら一週間遊びに行くの禁止されるし」

蒼真くんが、ちょっと笑って未紅を見た。

「……期待されてるんだな、未紅は」

「えっ、そうかな」

（そんなこと初めて言われたんだけど）

たいてい、未紅の親って厳しいね、と言われていたし、未紅自身もそう思ってきたのに。

なのに蒼真くんは、「うん」とうなずく。

やわらかい声でささやいた。

「期待されてるし、かわいがられてるんだと思うよ。……心配なんだろ。分かる」

（そんなふうに優《やさ》しく微笑まれると困る……！）

未紅の胸が、さらにどきどきしてしまう。
（そもそも近すぎるからいけないんだよね）
昼休みのときといい、蒼真くんは近くで見れば見るほど恰好いいのだ。
未紅が蒼真くんを好きだから余計にそう見えるというわけではないはずだ。
だから、「そ、そうかな」と言いながら、ちょっと距離をとる。

となりで歩いていて、不自然じゃない距離。
だけど、近すぎない距離。
手をのばせば触《ふ》れられるけれど、触れようとしなきゃ、手も肩《かた》も触れないくらいの。
ほんの、十五ｃｍくらいの距離。

（これなら安心だよね）
遠いのはちょっと寂《さび》しいけど、急に蒼真くんに触れたりしない。
ぶつかったりもしない。
安心で、安全な距離。

そう思ったのだけれど。

「――……手、つないでいい？」

蒼真くんが突然《とつぜん》、問いかけてきた。


「手⁉」

おどろいた未紅が声をあげて蒼真くんを見る。

けれど蒼真くんは怯《ひる》まない。

「うん。……いや？」

ちいさく首をかしげて、慎重《しんちょう》に未紅に聞いてくる。

聞かれちゃったら、答えるしかない。

（そんなの、嫌《いや》なわけないじゃない）

だって大好きな蒼真くんなのだ。

触れられて、手を握《にぎ》れるなんて嬉《うれ》しいに決まってる。

(ただ、どきどきしちゃうだけで)


「未紅。嫌なら、しないから」

「……っ」

やさしく言われ、未紅は首を横に振《ふ》る。

嫌じゃない。嫌なわけない。

そんな思いをこめて。


「じゃあ手、貸して」

「！」

言葉とともに、蒼真くんが未紅の手を握って。

指を、からめる。

(蒼真くんが、私の手を握ってる……！)

触れられる、長い指。
つつみこむ、大きな手のひら。
つたわってくるぬくもりが、ひどく刺激《しげき》的に感じられて。

(熱いよ——)

未紅の心臓がふるえる。
蒼真くんに触れられているところが、火傷《やけど》しそうなくらいに熱かった。
まるで、燃えてしまいそうだ。
指も、体も、心も。

「どう、して」
照れのあまり目を合わせられない未紅に、蒼真くんが即答《そくとう》する。

「未紅が距離をとったから」

「！」

（蒼真くん、気付いてたんだ）

さっきまで安心できて、安全な距離《きょり》だったはずなのに。

いまは、こんなにも近い。

どきどきして、危険な距離。

蒼真くんの声が、耳にそそがれる。

「離《はな》れるなよ。……もっと近くに来ればいい」

「蒼真くん」

「未紅と、歩きたいんだ」

蒼真くんが、未紅の手を引く。

「一緒《いっしょ》に歩こう」と微笑《ほほえ》む蒼真くんは、やっぱり優しくて、恰好《かっこ》良くて。

（……男のひとと手をつなぐのも、引っ張られるのも、初めてだ）

未紅はいつも、リリコを引っ張るようにして歩いていたのに。

蒼真くんは、未紅を引っ張ってくれる。

気付けば蒼真くんは、車道側に行ったり、歩きタバコをしているひとから未紅を遠ざけたりして、未紅を庇《かば》いながら歩いてくれていた。

なんてことない、授業や塾《じゅく》、部活の話をしながら、さりげなく自然に。

（守ってくれてるんだ、私のこと）

まるで、おとぎばなしの王子さまみたいに。

守る側だった未紅を、蒼真くんは守ってくれる。

最初に出会ったときから、そうだった。

ふたりで手をつないで駅まで歩いて、電車に乗って揺《ゆ》られて、思い出す。

(そういえば蒼真くんに初めて会ったのは電車のなかでだったんだ)

高校1年の春だった。

(蒼真くんは覚えてるのかな)

「古典の授業が眠《ねむ》くて仕方ない」とこぼす蒼真くんに「私は古典より化学かな」と答えながら、思う。

もしかしたら蒼真くんは未紅のことを覚えているかもしれない。

だけど、覚えていないかもしれない。

(……聞いて、答えを知るのは怖《こわ》い)

『へんに刺激して今の関係が壊《こわ》れちゃうほうがもったいないと思わない？』というリリコの言葉が未紅の頭から離れない。

(すくなくとも今は聞かないでおこう)

そう心に決めて、「そういえばどうして今日は部活がなかったの?」と聞いてみる。

「ああ、休養日なんだ」

「そんなのあるんだ?」

「俺としては今度の試合でスタメンだし体動かしたいんだけど、体をつくるためには休養こそ大事だからってコーチが決めてる」

「へぇ、いろいろ考えられてるんだね。知らなかった。試合は近いの?」

がたん、がたん。電車が揺れる。

振動《しんどう》でバランスをくずす未紅を蒼真くんが自然に支えてくれながら「うん、再来週の土曜」と答えた。

(そうなんだ……)

二週間なんて、きっとあっという間だろう。

(見に行きたいな、蒼真くんの活躍《かつやく》)

リリコと蒼真くんのファンをしていたけれど、試合を見に行ったことは一度もない。

無関係の人間が行くと、さすがに目立ってしまうだろうと思ったからだ。

だけど、今はせっかく〝彼女〟なんだし、できれば見に行きたい。

（って言っても、土曜は塾だもんね。パパもママも塾を休むなんて許してくれるわけないし——

——）

蒼真くんが、未紅をちらりと見た。

「……あのさ、良かったら見に来てくれないかな？」

「！」

まさか蒼真くんから誘《さそ》われると思っていなくて、未紅はおどろいてしまう。

蒼真くんがさらに続けた。

「できたら、試合のあとはふたりで出かけたり、とか」

「え、それって」

もしかして、と、未紅は蒼真くんを見る。

蒼真くんが、すこし耳を赤くしてうなずいた。

「なんていうか…………デート？」

「‼」

(うそ――)

普段《ふだん》は変わらない未紅の顔が、一気に赤くなった。

「あ、いや、予定があるならいいんだけど」

「――ううん！」

とっさに、未紅が答える。

本当は塾がある。

塾を休んだりしたら、きっとパパもママも激怒《げきど》するだろう。

(だけど)

高鳴る胸の鼓動《こどう》に合わせるように、未紅はいきおいよく蒼真くんに言う。

「行きたい！　蒼真くんの試合にも、ふたりでどこかにも……!!」

(蒼真くんと、デートしたい)

蒼真くんは、未紅の勢いにおどろいたのか、すこしだけ目を見張り。

すぐに満面の笑《え》みになった。

「楽しみにしてる――……！」

帰宅した未紅は、どきどきする胸をおさえながらクローゼットの中身をひっくりかえす。

(再来週の土曜日は蒼真くんとデート！)

かわいい服を着ていきたい。

いつもと違《ちが》う未紅を見てほしい。

大人っぽくて女の子らしいと、蒼真くんに思われたかった。

うるさくしすぎたのか、ママが未紅の部屋をのぞきにくる。

「ちょっと未紅、なにしてるの？　服の整理？　そんな暇《ひま》があったら勉強しなきゃ」

「……勉強はちゃんとしてるよ」

(それより、今は蒼真くんとのデート服を考えるので忙《いそが》しいんだから)

じっさいに未紅がちゃんと勉強していることを知っているママは「そうよね」と、すぐに引き下がってくれた。

「塾の先生も未紅のこと褒《ほ》めてたし、ママは鼻が高いわ。パパにも言っておくわね」

「……………」

じゃあこれはさしいれ、と、ママはお菓子《かし》を置いてドアを閉じる。

昔から変わらない、ママの手作りマドレーヌの甘い香《かお》りがした。

（ママは私のこと、期待してくれてるのかな）

蒼真くんはそう言っていた。

だけど未紅は、そんなパパやママの期待を裏切るのだ。

塾《じゅく》をサボって蒼真くんの試合を観に行くのだから。

（でも、これまでずっとママやパパの言う通りにしてきたんだもん、一度くらいいいよね）

そのあとは、絶対に今よりいい子になる。

（だから、一度くらい許してね……！）

再来週の土曜日、未紅は生まれて初めて、パパとママに反抗《はんこう》するつもりだった。


おなじころ、リリコはなんども未紅にメッセージを送っていた。

だけどぜんぜん既読《きどく》にならない。

(未紅ちゃん、また蒼真くんのこと考えてるのかな)

きっとそうだ。未紅は初恋《はつこい》を自覚してから蒼真くんのことばかりだもの。

これまではずっとリリコの騎士《きし》だったのに。

なのに、いまは王子さまのとなりにいる。

「……こんなの、だめ」

誰《だれ》もいない部屋でリリコはつぶやく。

「王子《ロミオ》さまのとなりには、お姫さま《ジュリエット》でなくちゃ――……」

Episode.5

ずっと恋しくてシンデレラ

5-1 ❤ ショッピング

「ねぇリリコ、どれがいいかな。これはさすがに似合わない？」

蒼真くんと付き合いはじめてから一週間近く経《た》った週末。

未紅はリリコといっしょに買い物に来ていた。

目的はもちろん、蒼真くんとのデートに着ていく服を買うためだ。

リリコが「そうだねぇ……。こっちのほうがサッカー観戦には向いてるんじゃない？」と、ほかの服を手に取る。いつも未紅が着ている服と似た感じのものだ。

「そっか……」

（せっかくの機会だしたまには冒険《ぼうけん》したかったんだけど、やっぱり着たい服と似合う服はちがうよね）

とはいえ、ちょっと落ち込んでしまう。

さらにリリコがおいうちをかけた。

「そもそもさ、練習試合だからうちの学校でやるんだよね、なのに私服で行くの？」

「！」

（そういえば……）

未紅の顔が青ざめる。

「それに、蒼真くんは部活なんだから制服だよね」

「た、たしかに」

リリコの言う通りだった。

（蒼真くんが制服なのに私だけ私服なんて変だよね）

未紅はおとなしく、試着しようと溜《た》めていた服を戻《もど》していく。

その途中《とちゅう》、向かいの店に飾《かざ》られていた品の一つが目に入った。

（あ、かわいい）

いいな、と思う。ああいうのを着たい。着てみたい。

着るだけで、大人になれるような気がするのだ。

（樹里先輩《せんぱい》みたいになるのは無理でも、ちょっとでも蒼真くんにふさわしくなりたい）

考えながら、未紅は樹里先輩のことを思い出していた。

昨日の昼休み、未紅は蒼真くんに樹里先輩からの預かりものを渡《わた》されたのだ。

約束通りのミネラルウォーター代と、お菓子の詰《つ》め合わせ。

『こんなにたくさん受け取れないよ』と未紅が慌《あわ》てると、蒼真くんが『すごくお世話になったから感謝の気持ちとしてプレゼントしたいって預かった』と、まじめな顔で言った。

『絶対に受け取ってもらえって先輩命令されたから、未紅に受け取ってもらえないと俺も困る。白坂先輩はああ見えて頑固《がんこ》だから』

『でも』と言うより前に、蒼真くんに優《やさ》しく微笑《ほほえ》まれた。

『それに……お礼したくなる気持ちは、当然だと思う。話は聞いた。未紅は優しいな』

『そんなことないよ』

ふつうのことしかしていないと、未紅は思う。優しいなんて言われるほどのことじゃない。だけど『白坂先輩の感謝の気持ちなんだから、返したりするほうが失礼だ』と蒼真くんに言われて、結局ありがたく受け取ることにしたのだ。

その日の放課後、樹里先輩のクラスにお礼を伝えに行くと、樹里先輩にも『あなた本当に優しいのね』と微笑まれた。

それが昨日のこと。

(樹里先輩や蒼真くんは私を優しいって言ってくれたけど、ふたりのほうこそ優しすぎるよ)

未紅はぜんぜん、蒼真くんにも樹里先輩にも追いつけない。

(蒼真くんに好かれたい。認められたい)

そう思う気持ちは、どんどん強くなる。

具体的になにをすればいいのか分からないから、とりあえずデートでおしゃれして〝かわいい〟と思われたかったのだけど。

「……ちゃんと、彼女っぽいことしたいな……」

ちいさな声でつぶやく。

となりにいたリリコの目が、きらりと光った気がした。

「じゃあさ、未紅ちゃん」

リリコがまた、毒リンゴを持った魔女《まじょ》のような顔で笑う。

「こんどの試合、サプライズでお弁当作って持っていったら？」

「お弁当？」

まったくなかった発想に未紅がまばたきをする。

リリコが「そう」と、うなずいた。

「試合のあとは午前中に解散なんでしょ。未紅ちゃんは料理上手なんだし、お弁当を届けてあげればいいじゃない。――ううん、いっそふたり分作っていっしょに食べれば？」

「蒼真くんにお弁当……」

考え込む未紅に、リリコはさらに言う。

「当日まで秘密にしたほうが絶対いいと思うんだよね。蒼真くん、いつもパンなんでしょ？」

「うん、朝に買って来てるみたい」

「パンなら日持ちするし大丈夫《だいじょうぶ》だと思うなぁ」

「そっか……」

こっそりお弁当を用意していけば、パンの代わりに食べてもらえるかもしれない。

「彼女からとつぜん手作りのお弁当なんて、おどろくし嬉《うれ》しいと思うよ？」

リリコの言葉に、未紅は想像する。

未紅が作ったお弁当を、蒼真くんが食べてくれたら。

もし、おいしいなんて言ってもらえたら。


（それって幸せすぎる――……！）

しかも、いかにも彼女っぽいし、女の子らしさをアピールできるチャンスだ。


未紅はいきおいよくリリコの両手をにぎりしめる。

「ありがとう、リリコ！　私、それやってみる」

力をこめて宣言した未紅に、リリコが笑顔《えがお》をかえした。

「うん、うまくいくといいね、未紅ちゃん――」


（そうだ、でも）

さっそくお弁当の献立《こんだて》を考えるついでに、リリコと校外学習の話をしながら未紅は振《ふ》り返る。

（あれだけは後でこっそり買いにこよう）

さすがにリリコに買うところを見られるのは恥《は》ずかしかった。

翌日の塾《じゅく》の帰り道。

未紅はふたたび、リリコといっしょに来た店の前に立っていた。

ここに来たことは誰《だれ》にも言っていない。

未紅だけの秘密だ。

（よし、買おう……！）

一歩、足を踏《ふ》み出す。

入った先は、リリコと一緒《いっしょ》にいた店の向かい側。

かわいい雑貨や服がならぶ、憧《あこが》れのお店だった。

（よかった、まだあった）

店のいちばん目立つところに置かれた品に、未紅は緊張《きんちょう》しながら手をのばす。

それは黒いレースで飾られたドットピンクのキャミソール。

大人っぽくてかわいい、普段《ふだん》の未紅なら絶対に選ばない品だ。

(蒼真くん、なにか違《ちが》うって感じてくれるかな)

見た目が変わるわけじゃないから、気付いてもらうのは難しいと分かっている。

だけど、これを着たら憧れのお姫《ひめ》さまになれる気がした。

大人っぽくてかわいくて、時にはちょっとわがままに振る舞《ま》って蒼真くんを振り回しちゃえるような強い女の子に。

まるで、魔法《まほう》にかけられたシンデレラみたいに。


(……買っちゃった)

つい照れくさくて『プレゼント用にお願いします』と言ってしまったから、かわいくリボンでラッピングされている。

(でも、こういうのもたまにはいいよね。自分にプレゼントってことで)

胸がどきどきする。

緊張と、不安と、そして期待で。

（蒼真くんに会いたいな――……）


帰り道、吐《は》いた息が白くなって流れた。

蒼真くんに告白されたのが二月十五日。

もうすぐ三月。

まだまだ寒い季節は続いている。


3年生の卒業が、近付いてきていた。

5-2 ❤ 練習試合当日

窓の外でスズメの鳴く声が聞こえる。

太陽はまだ昇《のぼ》っておらず、どんよりとした暗い空が広がっている。

外の冷たい空気を想像して未紅はすこしだけ体を震《ふる》えさせたけれど、すぐに気合いを入れなおして部屋を出る。

今日は蒼真くんの練習試合当日。

そして、未紅にとっては初デート予定日でもあった。


（お弁当作ったこと、パパには見つからないようにしなきゃ）

幸運なことに、パパは今日、休日出勤だ。

朝ごはんのときには「今晩は遅《おそ》くなる」と言っていたから、きっとデートのことも知られずに済むだろう。

ママには「塾で食べるから」と言い訳してキッチンを借りた。

（試合のあとだもん、いっぱい食べるよね）

栄養のことも考えて、できるかぎりバランスの良い食事になるよう気を付けた。

ハンバーグ、からあげ、かぼちゃの煮物《にもの》。

きんぴらごぼうはカレー風味に、卵焼きにはホウレンソウを入れて。

おにぎりは炊《た》き込みご飯《はん》でつくったものと梅干し入りの海苔《のり》おにぎり、二種類だ。

すこし色目が茶色くなっちゃったから、せめてプチトマトとブロッコリーで野菜と彩《いろど》りを付け足した。

（リリコとさんざん考えたもん、これで完璧《かんぺき》なはず！）

よし、と、お弁当が入った二つの袋《ふくろ》を持つ。

「いってきます！」とかけた声に、ママの「はーい、気を付けてね」という声が返ってきて、
ほんのすこしだけ胸が痛んだ。

（塾をサボっちゃってごめんね。でも、塾よりも大事なの――――）


青く晴れた空の下、人工芝《じんこうしば》のサッカーグラウンドに声援《せいえん》がひびきわたる。

「蒼真くん、がんばって～！」

「真也、そこ行けっ」

「とられた、くるぞ、下がれ下がれ――」

地元の強豪《きょうごう》校を相手に、彩花高校サッカー部の新メンバーたちがグラウンドを駆《か》け回る。

（すごい熱気……！）

はじめてのサッカー観戦、未紅は雰囲気《ふんいき》にのまれていた。

彩花高校の応援《おうえん》には、あいかわらず蒼真くんのファンも多く来ているらしい。

そこにひとりで入っていくのは気が引けて、未紅はすこし離《はな》れたところから見守っている。

(やっぱりリリコに無理言って来てもらえば良かったかな。でも用事があるって言ってたし。

——ううん、とにかく試合に集中しよう)

いたたまれない気分は無視することにして、未紅は試合に目を向ける。


勝負は現在競《せ》り合いになっていた。

後半、のこり十五分で一対一。

アディショナルタイムはほとんどない。

どちらもあと一点がほしいところ。

相手校の応援にも力が入っている。

「瀬島《せじま》、攻《せ》めろ!」「まわり見て! パス出していこう」「黄寺にとられるな、——ッ」


(あ——)

黄寺くんがボールを奪《うば》い、蒼真くんにパスを出す。

「今だ！」「蒼真、狙《ねら》えっ」

サッカー部のベンチが、彩花高校の応援席が、一気に盛り上がる。

（蒼真くん！）

未紅の見ている前で、蒼真くんがボールを持って走り出す。

相手校の選手が止めに来るが、一人かわして、二人目もかわして。

ゴールが、近い。

「蒼真！」「怜くん！」

たくさんの人が蒼真くんに声をかける。

（私も）

未紅が、こぶしを握《にぎ》り締《し》める。

（私も応援したい。みんなみたいに大きな声で）

真剣《しんけん》な顔の蒼真くんが、見えた。

（蒼真くん、ううん――）

「――怜、がんばって――――！」

「！」

（え？）

一瞬《いっしゅん》、蒼真くんが未紅のほうを見ておどろいたような気がした。

だけど、それは本当につかのまのできごとで。

（いまのは……気のせいだよね？）

蒼真くんはもう未紅のことなど見ていない。

ゴールだけを見据《みす》えて駆けていく。

止められる敵の選手は、キーパー以外にいなかった。

けれど。

「————!!」

ざしゅっ、と、ネットが気持ちいい音を立てる。

審判《しんぱん》の笛が鳴った。

「彩花高校、二点目！」

（やった！）

わああああぁ、と、彩花高校のベンチが歓声《かんせい》をあげた。


（やっぱり蒼真くんはすごい、恰好《かっこ》いい！）

初めての試合観戦と間近で見た蒼真くんのプレーに、未紅の興奮はなかなか冷めない。

両校の選手がお互《たが》いにあいさつをして健闘《けんとう》をたたえ、相手校を見送る。

やがて、彩花高校のメンバーも監督《かんとく》とコーチ、マネージャーの樹里先輩《せんぱい》たちとともに一旦《いったん》部室へと入っていくのが見えた。

（きっとこれからミーティングだよね。そのあと解散するまで待っていよう）

クラブ棟《とう》の近く、邪魔《じゃま》にならない木陰《こかげ》に未紅は立つ。

「いい試合だったね」「蒼真くん恰好よかった！」「黄寺くんも動き良かった」などと楽しげに

会話する女子たちが帰っていく。

ほかの生徒もおなじだ。「昼食いに行こうぜ」などと言って行ってしまう。

(みんな部員のひとと待ち合わせとかしてないのか)

いっしょに食べに行くことはしないらしい。

(でも私は蒼真くんと一緒《いっしょ》だもんね)

ひとのいなくなったグラウンドで、未紅は蒼真くんを待つ。

きっともうすぐ、ミーティングが終わるはずだ。

(そうしたら、いつもみたいにパンを持ってるはずの蒼真くんに『お弁当作ってきちゃった』って言うんだ)

蒼真くんはきっとおどろくだろう。

だってぜんぜん何も言っていなかったんだから、それがふつうだ。

問題は、おどろいたあと。

(……喜んでくれたらいいな)

蒼真くんの笑顔《えがお》を想像して、未紅の胸が温かくなる。

(おいしいって言ってもらえなくてもいい。食べてくれるだけで、きっと最高に嬉《うれ》しい。だっ

て蒼真くんのために作ったんだもの）
いよいよだと思うと心臓がどきどきしてくる。
でも、バレンタインの時のように緊張《きんちょう》や不安でじゃない。
期待で、ときめいている。

サッカー部の面々が部室から出てくる。
蒼真くんが誰《だれ》かに呼ばれたように振《ふ》り返るのが見える。
蒼真くん、と、声をかけようとして。
樹里先輩が、蒼真くんに何かの包みを渡《わた》しているのが見えた。

（……え）

振ろうとした手が、止まる。
ざわざわと騒《さわ》ぎながら部室から出てくるサッカー部員たち。

彼らの手には、蒼真くんが樹里先輩に渡されていたのと同じ包みが握られている。

早々に包みを開けた男子が、「わっ、サンドイッチうまそー!」と声をあげていた。

どうやらサッカー部員たちが持っている包みはお弁当のようだ。


(樹里先輩が、みんなにお弁当を渡してるの?——……蒼真くんにも?)


部員たちの声が未紅の耳に入ってくる。

「なぁなぁ、樹里先輩の弁当、今日のは妙《みょう》に凝《こ》ってるよな」

「これで蒼真に渡すのも最後だからじゃね?　蒼真と樹里先輩って、やっぱなんだかんだとお似合いだったよなぁ」

「あ〜あ、次のマネは男だから料理の腕《うで》は期待できねぇしな〜。誰だよ、試合の日にはマネージャーが弁当を用意するなんて馬鹿《ばか》なルールつくったやつ」

包みを広げて楽しそうに話している部員たち。

その会話から未紅は知ってしまった。

(試合の日はマネージャーがお弁当を作ってくるんだ……)

あいにく、未紅の友達にサッカー部に詳《くわ》しい子はいないので聞いたことはない。
だけど、もともとそういうルールだった様子だ。
(じゃあ――)
未紅は視線をめぐらせる。
さっき声をかけようとしていた蒼真くんは、今度は他《ほか》のチームメートと話していた。
未紅に気付く様子はない。
ただ、その手にはやっぱり、みんなとおなじ包みを持っていた。
――きっと、樹里先輩の作ったおいしそうで凝ったお弁当。
(なんで……)
心臓が縮み上がる。
全身が冷たくなる。
樹里先輩が未紅を見た気がしたけど、それを考えている余裕《よゆう》はなくて。

ふるえそうになる手を、つよくにぎりしめた。

なんでなんて考えても意味がない。

未紅が知らないだけで、サッカー部ではいつもの習慣だったんだ。

だけど、分かっていても。

（こんなの、私のお弁当なんて出せないよ――……！）

つらくて、つらくて、かなしくて。

未紅は逃《に》げるように、グラウンドから駆《か》け出した。

渡せないお弁当を抱《だ》きしめる。

頭のなかでは、『蒼真と樹里先輩って、やっぱなんだかんだとお似合いだったよなぁ』なんて言葉が、なんどもなんどもくりかえし聞こえていた。

(……バカだ。私、バカだ)


休日で誰もいない中庭。

何度も蒼真くんといっしょにお昼を食べたベンチで、未紅は自分が作ってきたお弁当を握《にぎ》りしめる。

(どうして事前に確認《かくにん》しなかったんだろう。どうして驚《おどろ》かせたいなんて思っちゃったんだろう)

どうして、と、くりかえす。

(——……どうして、お弁当なんて作っちゃったんだろう)

蒼真くんには、樹里先輩《せんぱい》のすてきなお弁当があるのに。

ちゃんと、それを持っていたのに。

(こんなお弁当、いらなかったのに)

ふるえる手で、お弁当を開く。

並んでいるのは朝に詰《つ》めたときと変わらない品々。

ハンバーグ、からあげ、かぼちゃの煮物《にもの》。

カレー風味のきんぴらごぼうもホウレンソウ入りの卵焼きも、全部綺麗《きれい》に詰めたつもり。

おにぎりは炊《た》き込みご飯《はん》と梅干し入りの海苔《のり》おにぎり、気合いを入れて二種類作った。

ちょっと面倒《めんどう》だったけど、蒼真くんのためと思えば全然気にならなくて、むしろ嬉《うれ》しくて。

プチトマトとブロッコリーは、つやつやと鮮《あざ》やかな色をしていた。

（だけど、無駄《むだ》だった）

朝に詰めたときは、楽しい気分でいっぱいだった。

うれしくて、どきどきして、幸せな想像ばかりしていた。

（だけど、現実は違《ちが》った）

（私のお弁当なんて、必要なかったんだ――……）

こんなもの、もう要《い》らない。

蒼真くんに食べてもらえないなら、意味がない。

(なにより、こんなの、もうなくしちゃいたい)

だけど捨てることなんてできない。

あんなに心をこめて作ったから。

ずっとずっと準備して、ママに隠《かく》れて作って。

すべては蒼真くんに喜んでもらうためだけに。

(食べよう。食べて、消しちゃおう)

ゆっくりと箸《はし》を手に取り、卵焼きをつつく。

(——……おいしい)


だけど、そんなのも全部意味がないのだ。

(蒼真くんのために作ったのに、蒼真くんに食べてもらえなかったら意味がないよ……!)


「うぅ~……」

気付けばぽろぽろと涙《なみだ》がこぼれてきて。

ぽたり、ぽたりと涙のしずくが膝《ひざ》に落ちる。

みじめだ、と思う。
みじめで、なさけなくて、かなしい。
（……悲しい）
蒼真くんに食べてもらえないお弁当が悲しい。
食べてもらえると思って必死になっていた自分が恥《は》ずかしい。
ひとりで、ふたりぶんのお弁当を食べるしかないことが、みじめで。
（つらいよ……！）
甘いはずの卵焼きが、塩辛《しおから》くて仕方なかった。

「ふ、うぇえ……」

(こんな子供みたいに泣くなんて、みっともない)

これまで未紅は気持ちが表情に出ないほうだったはずなのに。

ましてや涙なんて、何年も流していなかったのに。

蒼真くんを好きになってから、未紅はずいぶん変わってしまった。

(どうして好きになんかなっちゃったんだろう)

蒼真《ロミオ》くんには、樹里先輩《ジュリエット》というお似合いのお姫《ひめ》さまがいるのに。

(どうして蒼真くんは私と付き合ったりしたの?)

未紅も、未紅のお弁当とおなじ。

蒼真くんにとって、必要とは思えない。

（みじめだよ――――）

ジュリエットになれなくても、せめてシンデレラになりたかったのに。

「初音さん！」

（え？）

涙で濡《ぬ》れた目を、声のしたほうに向ける。

誰《だれ》、と思う間もなく。

「――……樹里先輩……――」

白坂樹里先輩が、呼吸を荒《あら》くして中庭に走ってきていた。

5-3 ❤ 彼女の告白

「ど、して」

どうして、樹里先輩《せんぱい》がここに？

そう問いたいけれど、泣いていたせいで言葉がうまく喋《しゃべ》れない。

（こんなところ、見られたくなかった）

とくに樹里先輩にだけは。

ひとりで要らないお弁当を処理しながら泣いてるなんて、しかもそれを恋敵《こいがたき》に見られるなんて、情けないしみじめすぎる。

（恥ずかしい……！）

未紅は唇《くちびる》をぐっと噛《か》み、涙を拭《ふ》いて樹里先輩を見る。

声が、もう震《ふる》えてしまわないように祈《いの》りながら。

「……どうして、ここにいるんですか」
未紅の声が自然と冷たくて低いものになってしまう。
けれど樹里先輩が気にした様子はない。
「あなたを追ってきたの」と、即答《そくとう》した。
そして、未紅に手を伸《の》ばして言う。
「初音さん、蒼真くんにお弁当を作ってきたんでしょう？
はやく渡《わた》しにいかなくちゃ——！」
（……え？）
ぽろり。
未紅の手から箸が落ちる。
呆然《ぼうぜん》としている未紅の代わりに、樹里先輩が箸を拾ってくれた。
さらに、「ほら、はやくしましょう？　立って」と声をかけてくる。
（ど、どういうこと？）

意味が分からない。

（だって――）

未紅の頭を、樹里先輩の作ったお弁当を持った蒼真くんの姿がよぎった。

思うよりも先に、口から言葉がこぼれでる。

「……蒼真くんには、樹里先輩のすてきなお弁当があるじゃないですか」

「あれは部員全員に配っただけよ」

樹里先輩が言う。

「試合のあとはいつもそうしていたから。あなたが用意してるとは思わなかったの。……気を悪くしたわよね、ごめんなさい」

「そんなこと――」

ない、とは言い切れなくて、未紅は口ごもる。

未紅の素直《すなお》な反応に苦笑《くしょう》するように、樹里先輩がちょっと笑った。

「大丈夫《だいじょうぶ》、ちゃんと蒼真くんのぶんは返してもらってきたから」

ほら、と樹里先輩が見せたのは、サッカー部員たちが持っていたのと同じ包みだ。

「え……！」

未紅が、目をまんまるに見開いた。

「どうして——、私が蒼真くんに作ってきたって、気付いてたんですか？」

問いかけると、樹里先輩は首を横に振《ふ》る。

「気付いたのはミーティングのあとよ。部室から出てきて遠目にあなたを見つけたとき、その二つのバッグを持っていたから気付いたの」

樹里先輩が指したのは、二つのお弁当袋《ぶくろ》だ。

樹里先輩が微笑《ほほえ》む。

「大きさからして、お弁当じゃないかなって思ったの。彼女なんだもの、彼氏のお弁当を作りたくなるわよね」

「…………！」

（そんな、すぐに気付いてくれたの？　気付いて、そのうえフォローしてくれるなんて）

そもそも樹里先輩が蒼真くんにお弁当を渡したのは、部のルールで当然のことだ。

未紅が勝手にお弁当を作ってきたのが悪いんであって、樹里先輩のせいじゃない。

なのに、樹里先輩は自分が悪いみたいに未紅に謝ってくれた。

（それだけじゃない）

未紅がお弁当を二つ持ってきたことに気付いてくれて。

一度は蒼真くんに渡したはずの部員用お弁当を回収してくれて。

逃《に》げ去った未紅を追いかけて、お弁当を蒼真くんに渡すよう言ってくれた。


ぜんぶ、未紅に都合のいいことばかりだ。


（どうして）

未紅が、きゅっと唇を結んで樹里先輩を見上げた。

「──どうして、そんなふうに気遣《きづか》ってくれるんですか？」

「それは」

「樹里先輩も、蒼真くんが好きなのに──」

「！」

未紅の言葉に、樹里先輩がきれいなかたちの眉《まゆ》をゆがめた。

「ごめんなさい」と、未紅は先に謝る。

「でも私、見ちゃったんです。バレンタインの日、蒼真くんの机にプレゼントを置きに行ったときに、樹里先輩が置いた白い箱のチョコを」

「……………そう」

樹里先輩が、そっとため息をついた。

困った顔で笑う。

「あれ、見られちゃったのね」

「すみません。悪気はなかったんですけど、偶然《ぐうぜん》」

「いいのよ、気にしないで。誰《だれ》に見られてもおかしくなかったし」

かるく首を横に振ってから、樹里先輩が未紅に「ねえ」と問いかける。

「となり、座ってもいいかしら？」

未紅のとなりに座った樹里先輩は、遠くを見ながら、ゆっくりと話しはじめた。

「見られちゃったから言うけど、たしかに私、蒼真くんのことが好きだったし、もうすぐ卒業だからって思ってチョコも贈《おく》った」

「……はい」

(分かってたけど、本人の口から聞くとやっぱりつらい)

好き。その言葉に、未紅の胸が痛む。

「でも」

樹里先輩《せんぱい》が続ける。

「蒼真くんは何も答えなかったし、それどころか私のチョコについて何も言ってこなかった」

「え――」

樹里先輩の言葉に未紅は振り向く。

意外だった。

(蒼真くんなら、どんな内容でもきちんと答えそうなのに)

未紅の知っている蒼真くんは、そういう義理堅《ぎりがた》いひとだ。

樹里先輩は眉を下げて肩《かた》をすくめた。

「きっとお互《たが》い気まずい思いをするから気を遣《つか》ってくれたんじゃないかしら。引退したとはいえ私はまだサッカー部の部員だし、部員同士の恋愛《れんあい》は禁止だから」

「…………」

（そういうもの、なのかな）

　未紅は部員ではないから分からないけど、樹里先輩が言うならそうなのかもしれない。

「もちろん、私もさいしょは腹が立ったのよ。私のことは無視して同学年の女子の告白には答えるんだ、って」

「それは、その」

　未紅が何かを言うよりまえに、樹里先輩が目を伏《ふ》せた。

「彩花高校のロミジュリなんて言われて、調子に乗ってたのね、私」

「樹里先輩――……」

　自嘲《じちょう》するような樹里先輩の声に、未紅は言葉をうしなう。

　重くなった雰囲気《ふんいき》を振り払《はら》うように、樹里先輩が「じつはね」ときりだした。

「蒼真くんが2年の美人と付き合いはじめたって話を聞いたとき、すぐにあなただって気付いたの。この中庭で、蒼真くんと話してたでしょ？」

「覚えていたんですか？」

（蒼真くんも覚えてるかどうか分からないのに）

おどろいた未紅に、樹里先輩が「もちろん」と答えた。

「蒼真くんが初音さんをすごく優《やさ》しい目で見ていたから、よく覚えてる。それで、きっと蒼真くんの彼女はあの子だって思ったの。当たってたわね」

「ええっ」

（そ、そうなの？）

未紅としては、よく分からない。

樹里先輩が、いたずらめいた笑《え》みを浮《う》かべた。

「中庭のときね、ふたりがあんまりにもいい雰囲気だから、私、わざと邪魔《じゃま》したの」

「わざと⁉」

「そう。だから、初音さんが私のチョコを見ちゃったのと、私の邪魔、これでおあいこね」

ふふ、と、楽しそうに微笑まれ、未紅は「はい……」とうなずくしかできない。

樹里先輩が、まぶしげに未紅を見つめた。

「……私、初音さんに嫉妬《しっと》してた」

（樹里先輩が私に嫉妬？　そんな――）

そんなの、逆だ。

未紅のほうこそ樹里先輩に嫉妬していた。

(なんでもできて、完璧《かんぺき》で、綺麗《きれい》で優しくて大人で)

このひとを好きにならないひとなんていない。そう思ったのだ。

だけど樹里先輩は、未紅が予想もしていなかったことを言った。


「でも、今はあなたを応援《おうえん》してる」


(え……!)

まっすぐに見つめられ、未紅は目を見開く。

樹里先輩が、淡《あわ》く微笑《ほほえ》んだ。

「体育館の裏であなたに会った時、なんて素敵《すてき》な子なんだろうって思ったの。……とても敵《かな》わない、って。私の完敗」

「そんな──」

そんなことない。

未紅は樹里先輩にこそ敵わないと思う。

そもそも。

「――樹里先輩は、それでいいんですか⁉」

「え？」

樹里先輩が小首をかしげる。

長い髪《かみ》が、さらさらと音を立てる。

未紅が自分のこぶしをにぎりしめた。

「私なら……たとえ敵わなくても、諦《あきら》められません……！」

（だからこそ、蒼真くんには樹里先輩がいるのにチョコを贈っちゃったんだもん）

彼女ができたからって、その相手がどれだけ素敵でも簡単に諦められない。

「初音さん――」

樹里先輩の手が、未紅のこぶしにのばされる。

なぐさめるように、やさしく手を重ねられた。

「初音さんは、本当に蒼真くんが好きなのね」

（あ――……）

あたたかい感触《かんしょく》に、未紅の心がほどける。

樹里先輩の言う通りだった。

つらくて、かなしいのは、蒼真くんを好きだからだ。

樹里先輩が、すこしだけ残念そうに微笑んだ。

「……あのね、私は卒業前でないと何もする気になれなかった。部内恋愛禁止っていう規則を破るほど、強い気持ちじゃなかったの」

「！」

それこそロミオとジュリエットの物語よ、と、樹里先輩は言う。

「反対を押し切れるくらいの強い想《おも》いこそ、恋《こい》なんじゃないかしら。私の気持ちは、しょせん恋じゃなかった」

（反対を押し切れるくらいの、強い想い――……）

それこそが恋だと、樹里先輩は言う。

なんだか、ひどく説得力を感じる言葉だ。

「まぁロミオとジュリエットは駆《か》け落ちしたうえ、死んじゃうんだけどね」という樹里先輩《せんぱい》の言葉は未紅の耳を素通りしていく。

(私はどうなんだろう。そこまで強い気持ちなの?)

自分自身に問いかける。

もし誰《だれ》かに反対されたら、未紅はそれでも蒼真くんを追いかけられるんだろうか。

(それに、蒼真くんは?)

蒼真くんは、どうするだろう。

(そもそも蒼真くんは私のことをどう思ってるの?)

答えは未紅には分からない。

(もし、私たちの恋が反対されたら――)

「とにかく」

「!」

樹里先輩の声で、未紅はハッと我に返る。

樹里先輩が立ち上がって、未紅に手をさしだした。

「初音さんは蒼真くんを好きなんでしょう？　蒼真くんのためにお弁当を作ってきたんでしょう？　だったら、渡《わた》さなきゃ」

「え、で、でも」

「いいから！　後輩《こうはい》なんだから先輩の言うことを聞きなさい」

ぐいっ、と強く手を引かれ。

樹里先輩に笑いかけられる。

晴れ晴れとした明るい笑顔で。

「あのね、私、蒼真くんのことが好きだった。だけど、初音さんのことも好きよ。だからふたりにはうまくいってほしいの——」

(樹里先輩——……！)

樹里先輩に手を引かれて、未紅も走り出す。

引っ張られている手から、熱が伝わってくる。

背中を押されるように、ぬくもりが伝わる。

（なんて、優《やさ》しいんだろう）

なんていいひとなんだろう。

なんて素敵なんだろう。


（……このひとの期待に、こたえたい）

ちゃんと、がんばりたい。


そう思って、未紅は樹里先輩の手を握《にぎ》り返す。

樹里先輩が走りながら振《ふ》り返って、ちょっと笑った。

「すこしは元気出たかしら？　ちゃんと蒼真くんに渡せる？」

「……はい、渡してみせます——……！」

（だって樹里先輩が、こんなにも協力してくれてるんだもの！）

ひとりで泣いて逃《に》げかえるんじゃなく、ちゃんと蒼真くんに伝えなきゃいけない。

（作ってきちゃった、って。食べてほしい、って）

言葉で、ちゃんと伝えたい。

枯《か》れ葉を踏《ふ》み分けて、ふたりは走る。
ふたりの長い髪が風になびく。
人工芝《じんこうしば》の緑が見えはじめていた。

Episode. 6

制服だけで駆《か》けていくわ

6－1．ふたたび、グラウンド

6－2．グラウンド裏、雑木林にて

6-1 ♥ ふたたび、グラウンド

「蒼真くん！」


「未紅⁉」

蒼真くんが、未紅と樹里先輩の姿を見ておどろいた顔をした。

制服に着替《きが》えているのに、なぜか汗《あせ》ばんでいるように見える。

「どこに行ってたんだ、探した……！」

（もしかして私を探して走りまわってくれてたの？）

それで汗をかいているんだろうか。

未紅がたずねるより前に、蒼真くんは樹里先輩を疑わしそうに見る。

「白坂先輩が未紅を連れて行ってたんですか？　弁当を回収されるのは構いませんけど、未紅は――」

「ま、待って、蒼真くん」

未紅があわてて間に入る。

じつは、と、手にしていたバッグを差し出した。

「私、蒼真くんにお弁当作ってきたの……！」

「!!」

蒼真くんが切れ長の両目を大きく見開いた。

信じられないと言いたげに、かすれた声で聞かれる。

「……本当に、か？」

「うん。本当」

(蒼真くんがこんなに驚《おどろ》いてる顔、初めて見たな)

想像より、もっと驚いてくれている。

照れくさくて恥《は》ずかしくて、未紅の指がふるえる。

「だから、よかったら——」

よかったら、一緒《いっしょ》に食べてほしい。

そう、未紅が言い終わるまえに。

「――――っ」

ぎゅっ、と、未紅の体が蒼真くんに抱《だ》きしめられた。

「そ、蒼真くん!?」

(蒼真くんの手が、腕《うで》が、体が……密着しちゃってるんだけど!)

これは恥ずかしい。

かなり恥ずかしい。

(近すぎるよ――――!)

未紅の顔が一瞬《いっしゅん》で真っ赤になる。

だってこんなの、刺激《しげき》的すぎるのだ。

だけど。

未紅の耳もとに、蒼真くんがささやいた。

「………嬉《うれ》しい………！」


（えええっ）

熱っぽいささやき。

耳にかけられた吐息《といき》。

なにより蒼真くんの声が、心底幸せそうだ。

「まさか未紅に弁当作ってもらえるなんて思ってなかった。……ほんと幸せ」


（う、うそ）


こんな蒼真くんを見るのは初めてだ。

（抱きしめられるだけでも気絶しそうなのに！）

未紅の心臓が破裂《はれつ》しそうになる。

蒼真くんが、もう一度「嬉しい」とささやいた。

とろけるような甘い声で。

(こんなに喜んでもらえるなんて、私こそ嬉しい……!)

「……ありがとう、未紅」

「蒼真くん」

やわらかい声に、甘い言葉に、抱きしめられる強さに、未紅の胸が熱くなる。

ついさっきまで、みじめでたまらなかったのに。

(……作ってきて、良かった)

意味なくなんてなかった。

無駄《むだ》なんかじゃなかった。

(だって蒼真くんは、こんなにも喜んでくれてる)

樹里先輩《せんぱい》がちょっと苦笑《くしょう》交じりに、「よかったわね、蒼真くん。すてきな彼女からのお弁当があって」と声をかけ、「それじゃ」と去っていこうとする。

蒼真くんが樹里先輩の存在を思い出したように振《ふ》り向いた。

「もしかして、知っていたから俺のぶんの弁当を取り上げたんですか？」

蒼真くんの問いに、樹里先輩はそうだとも違《ちが》うとも言わずに質問で返す。

「私のお弁当より、彼女のお弁当のほうがいいでしょ？」

「はい」

（えっ、即答《そくとう》⁉）

聞いていた未紅のほうがびっくりしてしまう。

だけど蒼真くんに迷いはない。

当然みたいな顔だ。

さらに蒼真くんは「さっきは事情も知らずに問いつめるような言い方して、すみませんでした。……俺たちのこと、気を遣《つか》ってくださってありがとうございます」と未紅のぶんまで頭を下げる。

あわてて未紅も、蒼真くんにつづいて「本当に助かりました！　ありがとうございます」と頭を下げた。

そんな蒼真くんと未紅の様子に、樹里先輩が今度こそ思いっきり苦笑した。

「ほんと、あなたたちってお似合いね。ふたりを見てるだけでおなかいっぱいになりそう。ま、でも——良かった」

言いざま、樹里先輩が未紅たちに背を向ける。

長い黒髪《くろかみ》が綺麗《きれい》にひるがえった。

「……がんばってね」

優《やさ》しいささやきとともに樹里先輩は歩き出す。

残されたのは未紅と蒼真くんだけだった。

「それにしても——」

蒼真くんが心配そうに未紅の顔をのぞきこむ。

「なんで白坂先輩とどこかに行ってたんだ？　試合のときに居た場所から居なくなってたから探したんだけど」

「！　それは――」

未紅はごくりと喉《のど》を上下させる。

蒼真くんと、視線がぶつかった。

（……これまで私、蒼真くんに聞きたいことを聞かないようにしてたし、言いたいこともちゃんと言えてなかった）

蒼真くんは樹里先輩のことをどう思っているのか。

どうして未紅と付き合ってくれているのか。

（聞きたくて、ずっと聞けなかった）

それは、リリコの言葉に影響《えいきょう》されたからだ。

『蒼真くんが何を考えてるのかなんて知ろうとしないほうがいい。

それより、へんに刺激して今の関係が壊《こわ》れちゃうほうがもったいないと思わない？』

毒リンゴのような、甘い言葉。それにまどわされていた。

（私は逃《に》げてただけだ）

真実を知って蒼真くんを失うことが怖《こわ》かっただけ。

(だけど――)

思い出す。

未紅がお弁当を作ってきたことを知って、あんなにも喜んでくれた蒼真くんの笑顔《えがお》を。

(すくなくとも蒼真くんは私に〝付き合ってほしい〟って言ってくれて、さっきだって喜んでくれたんだもん。その気持ちを、信じたい)

未紅は大きく息を吸う。

「実は」と、声を出した。

「さっきね、蒼真くんが樹里先輩のお弁当を持ってるの見て、すごくショック受けちゃったんだ」

「それは……」

言いかけた蒼真くんの言葉を、未紅がさえぎる。

「サッカー部全員に渡《わた》されるものだったんだよね、分かってる」

未紅が言うと、蒼真くんがほっと息を吐《は》いた。

「でも」と、未紅は続ける。

「……？」

蒼真くんが、無言で未紅の言葉を待つ。

そんな蒼真くんを未紅は勇気をふりしぼって見上げた。


（蒼真くん——）

いつだって恰好《かっこ》良くて、ときどきかわいい王子さまみたいな蒼真くん。

もしかしたら未紅は、彼を失ってしまうのかもしれない。

（だけど怖がってちゃだめだ）

怖がっていても、どこにも進めない。

ずっと不安なまま、また逃げてしまう。

（それじゃ、嫌《いや》だから。蒼真くんと進みたいから）

未紅は、蒼真くんを見つめる。

声がふるえるのが自分でも分かった。

「……私、ずっと蒼真くんは本当は樹里先輩と付き合いたいんじゃないのかなって思ってた」

「！」

蒼真くんが息をのむ。

未紅の視界がぼやけてくる。

泣いちゃだめだ、と思ったけど、我慢《がまん》できなかった。

ずっとずっと、口に出せなかった不安だったから。

「蒼真くんが私のことどう思ってるのか分からなくて――」

「なに言ってるんだ！」

「！」

だん！

蒼真くんが急に未紅につめよった。

未紅の体が、蒼真くんによってベンチの背に押し倒《たお》される。

（ち、近――）

おおいかぶさるようにして蒼真くんが、言う。

「好きでもない相手と付き合うわけないだろう……！」

（……え？）

未紅が、息をのんだ。

どくどくと、心臓から血液が流れだす音さえ聞こえる気がする。

未紅の視界に映るのは、間近に迫《せま》った蒼真くんの必死な顔で。

「俺は、本当に好きな相手にしか告白なんてしない」

いつもはあまり喋《しゃべ》らない蒼真くんの唇《くちびる》が言葉をつむぐ。

切羽詰《せっぱつ》まったひびきが、声にはつまっていた。

「で、でも」

未紅の口が渇《かわ》いて、声が上手《うま》く出せない。

うろたえて視線をさまよわせる。

「部内恋愛《れんあい》禁止だから、樹里先輩《せんぱい》のことは諦《あきら》めたんじゃ」

「そもそも白坂先輩のことをそういう風に見たことはないよ。変な噂《うわさ》があるみたいだけど、噂は噂だ」

蒼真くんはきっぱりとそう言って。

第一、と、声を低くした。

「未紅には、もし誰《だれ》かに反対されてたとしても絶対に告白した」

「！」

逃げようとする未紅の視線を、蒼真くんが捕《つか》まえる。

大きな手のひらが、そっと未紅の頬《ほお》をつつんだ。

「――……好きだ」

（――――！）

真剣《しんけん》な声だった。

蒼真くんは未紅を見つめて、重くささやく。

「未紅が、好きだ」
「蒼真くん――」

ゆっくりと蒼真くんの顔が近づいてくる。
(避《さ》けようと思えば、避けられる)
だけど未紅は動けない。
動かない。
(蒼真くんの、顔が)
近すぎて目をつむる。

(呼吸ができない)
目の前がくらくらする。
(頭のなかが、真っ白で)
……なにも考えることができない。

ちゅ、と。

やわらかい感触《かんしょく》が、未紅の額に触《ふ》れた。

ほんの一瞬《いっしゅん》、触れるだけの。

甘くて優《やさ》しい、額へのキスだった。

「――!」

未紅が両目をぱちっと開く。

まつげが触れそうなほどの距離《きょり》で、蒼真くんが未紅を見つめていた。

ひどく、熱っぽいまなざしで。

なのに、優しく微笑《ほほえ》んで。

「蒼真くん……」

「……好きだよ。信じてほしい」

蒼真くんが言う。

「俺には未紅以外、いないから」

「――……うん……！」

ひたむきな言葉に、未紅はやっと、声に出してうなずいた。


（なんて幸せなんだろう）

夢心地《ゆめごこち》で、未紅は蒼真くんを見つめる。

ついさっきまで最低に落ち込んでいたのに。

あんなにみじめでつらくてかなしかったのに。

（なのに、いまはこんなにも嬉《うれ》しい）

蒼真くんが、未紅を好きだと言ってくれたから。

（……両想《りょうおも》い、なんだ）

もう、なにも怖《こわ》がらなくていい。

樹里先輩のことも、関係が壊《こわ》れることも。
（もっと早くに蒼真くんのことを信じればよかった。勇気を出せばよかった）
ふりかえってみれば、未紅が勝手に不安になっていただけだ。
（蒼真くんは最初から、私に告白してくれたのに）

（…………嬉しい）

じわじわと、未紅の胸に喜びが湧《わ》き上がってくる。
目の前のこのひとは、未紅の彼氏なのだ。
嬉しさと安心で涙《なみだ》が浮《う》かんでくる。
蒼真くんが「不安にさせてごめん」と、未紅の頭を軽く撫《な》でた。
（初恋《はつこい》が叶《かな》うなんて信じられない）
この恋を守りたい。そう、強く思う。
この奇跡《きせき》みたいな恋を。

（蒼真くんと一緒《いっしょ》にいたいから）

反対されるのも、逃《に》げるのに失敗してお互《たが》いを失うのも耐《た》えられない。

（ずっとずっと、ふたりで進みたい——……）

蒼真くんに頭を撫でられて未紅の心が落ち着いていく。

見計らったように、蒼真くんが「じゃああらためて、昼にしようか」と声をかけてくれた。


未紅たちが話しているあいだにサッカー部員はほとんど帰ったようで、未紅は蒼真くんと近くの木陰《こかげ》に座る。

「じつはさっき、蒼真くんはもう要らないんだって思って私のぶんはひとりでちょっと食べちゃったの。ごめんね」と謝りながら未紅がお弁当を渡《わた》すと、蒼真くんはふたを開けるなり息をのんだ。

「——……！」

「あっ、もしかして苦手なものとかあった？」

「ちがう。そうじゃなくて——これ、ぜんぶ未紅が作ってくれたのか？」

あわてて聞いた未紅に、蒼真くんが鋭《するど》い声で聞いてきた。

「うん、そうだけど」

「……すごい」

ぽつり、と、蒼真くんがつぶやいた。

「え？」

「………未紅、すごいな…………！」


「料理をするとは聞いてたけど、こんなに上手なんて知らなかった」

感動したように蒼真くんが言う。

事実、蒼真くんはあきらかに感動していた。

(目がキラキラしてる⁉)

蒼真くんの顔に「すごい」「すごい」と書いてあるようだ。

「あの、たいしたものじゃないよ？」

「どこが？　ぜんぶ、こんなに完璧《かんぺき》じゃないか……！……おいしそう」

「あ、ごめんね、食べて食べて」

未紅が箸《はし》をさしだすと、蒼真くんは「いいのか」と、なぜか姿勢を正した。

「じゃあ――ありがたく、いただきます！」

「うん、召《め》し上がれ」

（さすが蒼真くん、礼儀《れいぎ》正しい）

ぱん、と手を合わせる蒼真くんが新鮮《しんせん》に感じられた。

（あれ、そういえばいつもお昼食べてたけど、蒼真くんがこんな風に手を合わせるところは初めて見た気がする。……もしかして、大事に食べようとしてくれてる？）

だとしたら、なんて優しいんだろう。

（だけど、蒼真くんの口に合うかは別問題だよね）

蒼真くんがかぼちゃの煮物《にもの》を箸でとる。

口に運ばれて咀嚼《そしやく》される煮物を、未紅はしっかりと見届ける。

（どんな反応だろう――）


「…………うまい！」

「ほ、本当!?」

「うん。すごくおいしい……！　未紅、本当に料理上手だな!!」

蒼真くんの目がさらに輝《かがや》いている。

いつも無言で無感動にパンを食べている蒼真くんが、食べ物でこんなに表情を変えるなんて信じられない。

（それに料理上手って言われちゃった！）

蒼真くんのストレートな褒《ほ》め言葉に、未紅の顔がゆるむ。

嬉しくて、「ほかのも食べてみて」と勧《すす》めてしまう。

すると蒼真くんは、嬉しそうに「ああ！」とお弁当をほおばりはじめた。


「このからあげ、さくさくだな」

「そう？　うまく揚《あ》がってて良かった。きんぴらとか大丈夫《だいじょうぶ》だった？」

「すごく好きだよ。……へえ、カレー風味なのか、珍《めずら》しい」

「おなじ味ばっかりだと飽《あ》きちゃうと思って」

「工夫《くふう》してくれたんだな……！　うん、おいしい。ハンバーグも、うちの焼きたてよりうまい気がする」

「ふふ、それは言いすぎだよ。でも、ありがとう」

「おにぎりも二種類ある。ぜいたくだな……！」

「あ、多かったら残してね」

「残すわけないだろ？　せっかく未紅が作ってくれたのに」

いちいち感心したり感動したりしながら、蒼真くんは丁寧《ていねい》に食べてくれる。

ひとつひとつ、味わいつつ。


気付けば、蒼真くんはあっという間に食べ終えていた。

ひとりでくやしそうに「おいしすぎてすぐ食べちゃったな……」とつぶやいている。

(多めに作ったはずなのに、まさか全部食べてくれるなんて)

未紅の予想以上だ。

ふたたび手を合わせて、蒼真くんが「ごちそうさまでした」と言う。

「これ作るの大変だっただろ？……ありがとう。おいしいし、見た目も綺麗《きれい》だし、未紅の優《やさ》しさも嬉《うれ》しい。本当に……」

「蒼真くん」

真摯《しんし》な蒼真くんに、未紅は見とれてしまう。

蒼真くんが、ちょっと意地悪な顔をした。

「――……〝怜〟だろ？」

「！」

ささやかれ、未紅は体を大きく跳《は》ねさせる。

蒼真くんが未紅の顔をのぞきこんだ。

「試合中は呼んでくれたのに、今は呼んでくれないのか？」

「聞こえてたの⁉」

おどろいて聞けば、蒼真くんは「ああ」とうなずく。

「だからがんばれた。……未紅のおかげだよ」

「そんな、それは蒼真くんの実力で」

「〝怜〟」

言い聞かせるようにくりかえされる。

（ほ、本気？）

恥《は》ずかしさのあまり、未紅は涙目《なみだめ》になりそうだ。

顔がじわじわと熱くなる。

だけど蒼真くんは楽しそうな顔で未紅に言う。

「呼んで。……未紅に、呼ばれたい」

まっすぐなまなざしは、未紅から動かない。
(これは、もう言うしかないってこと?)
顔が熱くなる。
そっと、喉《のど》をふるわせた。

「…………──怜」

(恥ずかしい────!)
照れくさくて、未紅はつい目をつむってしまう。
蒼真くんがちょっと笑ってから、「うん、未紅」と、呼び返すのが聞こえた。
おもわず目を開けて蒼真くんをにらんでしまう。
(私は緊張《きんちょう》してどきどきしているのに!)
照れも手伝って「笑いごとじゃないんだから」と抗議《こうぎ》しようとして。
そのまえに、未紅は息をのんだ。
蒼真くんが、あまりにも幸せそうに微笑《ほほえ》んでいたから。

（なんて綺麗な笑顔《えがお》――……）

呆然《ぼうぜん》と見入ってしまう。

やさしくて。
しあわせそうで。
やわらかくて。
あたたかい。

とても、綺麗な微笑み。

「未紅」

もう一度、蒼真くんが未紅を呼ぶ。
なにかを確かめるように。

なにかを待っているように。

おそるおそる「……怜？」と未紅がくりかえすと、蒼真くんがまた嬉しそうに笑った。

（私の言葉ひとつで、蒼真くんはこんなふうに笑ってくれるの？）

蒼真くんは無表情なことが多いと思っていたのに嘘《うそ》みたいだ。

未紅が見る蒼真くんはいつだって優しいまなざしで、やわらかく笑ってくれているのに。

蒼真くんが丁寧にお弁当をバッグにしまう。

未紅のぶんのお弁当を見て「食べ終わったらさ」と口をひらいた。

「約束通り、デートしよう」

「………うん」

こくりと、未紅がうなずく。

ふたり目を合わせて同時に笑いあった。

（あきらめないで良かった。蒼真くんの——怜のこんなに嬉しそうな顔が見られたんだもの）
ぜんぶ、リリコと樹里先輩《せんぱい》のおかげだった。

6-2 ❤ グラウンド裏、雑木林にて

初音未紅と蒼真怜がふたりで話をしていたころ。
サッカーグラウンド裏の雑木林を歩くふたりの人影《ひとかげ》があった。

「——いい加減にしてよ、黄寺くん！」

引っ張られるように歩いていた女子が声を張り上げ、つかまれていた腕《うで》を振《ふ》り払《はら》う。
私服姿の、灰野リリコだった。
リリコは自分の腕をつかんでいた相手に食って掛《か》かる。

「わたしは未紅ちゃんをなぐさめに行かなきゃいけないの。あなたに付き合ってるひまなんてないんだから」

「へえ？」

とげのあるリリコの言葉に、言われた男子生徒——黄寺真也が片眉《かたまゆ》を上げた。

意地悪な笑みを浮《う》かべる。

「なぐさめるってことは、未紅ちゃんが傷付くのは予想してたんだ？」

「それは……！」

真也に指摘《してき》され、リリコは口ごもった。

リリコのおおきな瞳《ひとみ》が苛立《いらだ》たしげに真也をにらみつける。

真也が「あいにく、未紅ちゃんは樹里先輩がなぐさめに行ったし大丈夫《だいじょうぶ》じゃね？」と肩《かた》をすくめた。

「それより、さ」

真也の緑がかった瞳に好奇心《こうきしん》が映る。

心まで覗《のぞ》き込もうとするように、リリコを見た。

「なぁ、リリコちゃん。あんたって怜を手に入れた未紅ちゃんが羨《うらや》ましいの？

それとも、未紅ちゃんを奪《うば》った怜が憎《にく》いの？

――どっち？」

「……っ」

真也の問いに、リリコがちいさく舌打ちをする。

そんな様子さえ面白《おもしろ》がるように、真也が笑った。

「あんまり変なことしないほうがいーよ。あんたが痛い目みるだけだと思うけどね？」

「……黄寺くんには関係ないでしょ……！」

リリコが吐《は》き捨てるように言い、真也の返事も聞かずに立ち去っていく。

「それはどうかなー」

早足で去っていくリリコの後ろ姿を見ながら、真也は楽しそうに笑った。

そして、ひとりごちる。

「灰かぶり姫《シンデレラ》は誰《だれ》なんだろうね――」と。

雑木林を風が揺《ゆ》らす。

茶色くなった葉が、ざあああ……と騒《さわ》がしい音を立てた。

Episode.7

魔法よ時間を止めてよ

7−1．ふたりきりで

7−2．初音家

7−2．怜と真也

7-1 ❤ ふたりきりで

学校を出てからは、なにもかもが初めての経験だった。

蒼真くん——怜が連れていってくれたのはテーマパークで、聞けば、初デートをどこにするか散々考えて事前にチケットを買ってくれていたらしい。

「なんかスマートにできなくて恥《は》ずかしいんだけど。……ごめん」

照れくさそうに目を伏《ふ》せて言った姿が妙《みょう》にかわいくて、未紅は「ううん、嬉《うれ》しい」と返した。

(それに実際、ここにデートで来られて嬉しいもん)


ヨーロッパの街並みにも似た園内。

雰囲気《ふんいき》のある街灯。

シンデレラが住んでいそうなお城。

並ぶお店はきらきらしていて、家族連れもカップルも友人同士の集まりも、歩く人々はみんな楽しそうだ。

いつもの平凡《へいぼん》な毎日とは切り離《はな》された、別世界の空間。

となりにはずっと憧《あこが》れつづけた怜《王子さま》がいて、未紅に優《やさ》しく問いかけてくれる。

(まるでお姫さまみたい……！)

「未紅、次は何に乗りたい？」

そう言って、未紅の希望を優先してくれて。

「待ち時間、喉《のど》が渇《かわ》くだろ。……飲み物、何がいい」

そう聞いて、未紅のほしいものを買って来てくれて。

「……ついてる」

そう笑って、未紅の頬《ほお》についたホイップクリームを指でぬぐってくれて。

かと思えば、「そっちのも飲みたい。……交換《こうかん》して」と、勝手に未紅のドリンクを飲んで
(間接キス!?)と未紅をどきどきさせたり。

アトラクションの途中《とちゅう》で撮《と》られた写真に「未紅のあの顔、すごいかわいいことになってる」

なんて言うから嬉しくて見てみたら、思いっきり未紅の顔がゆがんでいて。

「ええ⁉　すごい変顔じゃない！」と抗議《こうぎ》したのに、怜は楽しそうに「うん、かわいい」と言うばかりで。

照れて、楽しくて、わくわくして、嬉しくて。

ふたりでおなじ景色を見て。

おなじものを味わって。

いっしょに楽しんで、笑いあって、そして。

指を、からめあう。

（怜――……）

人生で、いちばん笑った日だと思った。

（こんなに楽しい気持ち、初めて知った）

好きなひととデートに行けるって、なんて幸せなんだろう。

なんどもなんども、同じことを思った。

（このまま時間が止まればいいのに——）

だけど未紅だって分かっている。

時間はけっして止まらない。

空が、茜色《あかねいろ》から藍色《あいいろ》に変化しはじめていた。

さんざん遊びまわって笑いあったあと、怜が時計を見て「もう六時か」とつぶやいた。

「未紅の門限、七時だろ？　それまでに帰らなきゃな。ちゃんと送るから」

「……うん」

怜の言う通りだ。

未紅の家の門限は七時。

それを越《こ》えたら、しばらく遊びに行くのは禁止になってしまう。

(でも、そもそも今日って本当は塾《じゅく》があったんだよね。ママもパパも気付かないとは思うけど、

帰るの嫌《いや》だな)

だって、怜と過ごすデートは楽しすぎたのだ。

時計の針がまわる。

すこしずつ、時間が迫《せま》ってくる。

だけど、もっとずっと一緒《いっしょ》にいたい。

(怜のこと、前よりもっと好きになっちゃったから――……)

「また今度来よう」と、怜が手をさしのべる。

未紅は無言でその手を握《にぎ》り返した。
(そうだよね。また来られる。だってこれから怜とずっと一緒だもの)

7-2 ❤ 初音家

(——……あれ?)
怜に送られ家の近くまで来た未紅は、ふと足を止めた。
自宅の前に見慣れた影《かげ》が立っていたのだ。
(あれは、まさか)
「未紅?」
立ち止まった未紅を不審《ふしん》に思って怜が問いかける。
直後、怜の声で振《ふ》り向いた人影《ひとかげ》が大声を出した。

「――未紅！」

未紅の口から、つぶやきがもれる。

「パパ、どうして……」

「……お父さん？」

怜がおどろいた顔をした。

つかつかつか、と、未紅のパパが歩いてくる。

おなじように未紅も怜に背中を押されるようにして家の前まで来た。

「どうしてパパがいるの？　今日は遅《おそ》くなるはずだったんじゃ」

混乱している未紅の問いに、パパが「その予定だったんだけどな」と渋《しぶ》い顔をした。

「ママから電話があったんだ。未紅が塾に行っていないうえ、連絡《れんらく》がとれないって」

「！」

（そういえばケータイ見るの忘れてた……！）

「ごめんなさい！」と未紅はあわててパパに謝る。

「塾、休んじゃって……それに連絡もしてなくて……」

ごめん、と、もう一度つぶやくように言った。

（ケータイ見るのとか、すっかり頭から抜《ぬ》けちゃってた）

そんなことは考えられないくらい悩《なや》んでいたし、悩みが消えたあとは怜と一緒にいるのが楽しすぎたのだ。


「……塾、だったのか？」

怜が、呆然《ぼうぜん》とした声を出した。

（！　いけない、怜に聞かれたくない）

塾を休んでしまったことも、パパとのやりとりも怜に聞かれるのは避《さ》けたかった。だけど間に合わない。

パパが「どういうことだ、未紅」と高圧的にたずねてくる。

「塾をサボって遊ぶなんて、ふざけているのか――――!?」

（こんなの、怜に聞かれるのは恥《は》ずかしい……！）

目をつむりそうになったとき。

「──待ってください」

凛《りん》とした声が、未紅のとなりから発せられた。

(え?)

見れば、怜が未紅を庇《かば》うように前に出ている。

パパがじろりと眼鏡《めがね》越しに怜を見据《みす》えた。

「……君は?」

あわてたのは未紅だ。

「ちょっとパパ、やめてよ! 怜──蒼真くんは関係ないでしょ⁉ 悪いのは私なんだから」

「パパは彼に聞いてるんだ。未紅には聞いていない」

「でも」

さらに言いつのろうとしたとき、怜が未紅の肩《かた》をそっと押した。

「……未紅、俺に話させて」

「蒼真くん、そんな」

「大丈夫《だいじょうぶ》」

短く言って、怜は未紅のパパに向きなおる。

礼儀正《れいぎ》しいしぐさで、深く頭を下げた。

「はじめまして、蒼真怜と言います。今日は、俺が未紅さんを誘《さそ》ったんです。ご心配をおかけしてしまって申し訳ありませんでした……！」

「蒼真くん⁉」

怜の言葉に、未紅が目を見開く。

(そんな、怜に塾のことを言わずに勝手に休んだのは私なのに)

未紅がおどろいているあいだにも、怜は「軽率《けいそつ》でした」と、更《さら》に深々と頭を下げている。

まっさきに丁寧《ていねい》に謝罪され、パパは気まずそうに眉《まゆ》を寄せた。

いつのまにか、騒《さわ》ぎに気付いたママが家から出てきていて「パパ」と、なにかを伝える。

パパが深くため息をついてから怜を見た。

「……君の意志は分かった。頭を上げなさい」

「…………」

怜はおとなしく言われたとおりに顔を上げる。

「ただし」

パパが怜と未紅をにらみつけた。

「今後、うちの娘《むすめ》には近寄らないでもらいたい――――!」

(な……!)

「パパ、なに言ってんの!? そんなことパパが決めないでよ!」

「未紅は黙《だま》ってなさい」

「私の話なのに?」

信じられなくて、未紅はパパにつめよる。

だけどパパは短く未紅を怒鳴《どな》りつけた。

「お前はまだ子供だ!」

「――!!」

(そんな……!)

あまりにも衝撃《しょうげき》的で。理不尽《りふじん》に感じられて。

未紅は、言葉を失ってしまう。

そんな未紅の様子に満足したのか、未紅のパパが軽く咳《せき》ばらいをして怜を見た。

「なんにせよ、今日はもう遅い。君の親御《おやご》さんも心配しているはずだ。帰りなさい」

(そんな)

パパ、待って——と言いかけて。

「……分かりました、出直します」

未紅が何かを言うより早く、怜が宣言した。


(え——)

ぺこり、と。

怜はもう一度礼をしてから、未紅に「また連絡する」と言って帰ってしまう。

(うそ、そんなに簡単に帰っちゃうの？)

街灯の下、アスファルトを歩く怜の靴音《くつおと》が遠ざかっていく。

もどってくる気配は全くなくて。

「……未紅」

パパの怒《おこ》った声が聞こえる。

怜の帰った方向を見て呆然としている未紅に、パパは言った。

「パパは言ったはずだ。男女交際なんてまだ早い」と。

「さっきの蒼真くんとの連絡《れんらく》は禁止、これからしばらく遊びに行くのも禁止だ――――！」


（うそ、でしょ……？）

パパの怒声《どせい》を聞きながら、未紅はずっと怜の去っていった道だけを見ていた。

月のない夜道は暗くて、怜の姿は何も見えない。


（こんなのってない。ひどすぎるよ）

心配するママに「ごはんなんていらない」と返して未紅は部屋に閉じこもっていた。

扉《とびら》の向こうでは、パパがブツブツ言いながら未紅の見張りをしている。

毎日見張りがつくのなら、たしかに未紅は学校と塾《じゅく》以外は外出できないし、ましてや怜と遊ぶなんてできない。

(なんでこんなに反対されるの？　私はもう大人なのに)

せっかく、今日は素敵《すてき》な一日で終わりそうだったのに。


未紅の目じりに涙《なみだ》が浮《う》かんでくる。

(今日の私、泣いてばっかりだ)

まさか親に反対されて泣くことになるなんて考えてもみなかった。

もちろん、塾を勝手に休んだ未紅が悪いことは分かっている。

(だけど、それにしたってこんなのやりすぎだよ……！)


未紅に命令ばかりする横暴なパパも、未紅に期待ばかり負わせて未紅を守ってくれないママも、親の言いなりになるしかない自分の立場も、なにもかもが嫌《いや》だった。

(それに――)

未紅はベッドの上でクッションを抱《だ》きしめる。
(——怜だって、どうしてあんなに簡単に引き下がっちゃったの？)
パパは未紅と怜が連絡をとることさえ反対なのだ。
このままでは、未紅は怜に会わせてもらえないかもしれない。
未紅にとっては、それがなによりもつらいのに。
(怜は、私と会えないのがつらくないの？)
どうして、と、未紅は唇《くちびる》をかみしめる。
(私のこと、好きって言ってくれたのに)
未紅はこんなにも怜のことが好きで、好きで、好きなのに。
(あの『好き』って言葉は嘘《うそ》だったの——？)
怜のことを信じたいのに、信じられない。
急に、前に聞いた言葉が未紅の頭によみがえった。

『反対されても貫《つらぬ》き通すのが本当の恋《こい》でしょ。

誰《だれ》かの反対で我慢《がまん》できる気持ちなんて、きっとニセモノだから気にしなくていいんだよ』

『反対を押し切れるくらいの強い想《おも》いこそ、恋なんじゃないかしら』

リリコの言葉。樹里先輩《せんぱい》の言葉。

どちらも、言っていることは同じ内容だ。

（……私たちの恋は、ニセモノじゃないよね？）

信じたくて、未紅はゆっくりとケータイに手を伸《の》ばす。

怜、と、心のなかで呼びかけた。

（ねぇ、私と生きてくれる――――？）

7-3 ❤ 怜と真也

こつこつこつ……。

革靴《かわぐつ》がアスファルトを鳴らす。

あたりは真っ暗で、街灯だけが頼《たよ》りだ。

遠くから犬の鳴き声が聞こえてきていた。

「…………」

制服のポケットが振動《しんどう》していることに気付き、蒼真怜は眉《まゆ》を寄せてケータイを取り出す。

ケータイ画面には〝着信：黄寺真也〟と表示されていた。

「……なんだよ」

不機嫌《ふきげん》さを隠《かく》さずに言うと、黄寺真也が『あれっ、なんかあったの？』と聞いてくる。

隠すのも面倒《めんどう》で、怜はさきほど未紅の家の前であったできごとを簡単に伝えた。

電話の向こうの真也が面白《おもしろ》がって笑う。

『マジで？　まるで本物のロミオとジュリエットじゃん』

「そうかもな」

うなずくと、真也が『じゃあさ――』と問いかけた。

『怜は、未紅ちゃんに一緒《いっしょ》に逃《に》げてって言われたらどうすんの？』


ケータイを持ったまま怜は空を見上げる。

月のない、暗い空。

真っ暗なそれを見ながら、怜は即答《そくとう》した。


「――――断る」


『！』

真也が息をのむ音が聞こえる。

だが怜は冷ややかに続けた。

「俺は、行かない」と――。

おなじ空の下、未紅はケータイを握《にぎ》りしめて待っていた。
お願い、と、声に出さずに祈《いの》る。
見えない月に、祈る。

私の恋を悲劇のジュリエットにしないで
ここから連れ出して……
そんな気分よ

doriko
comment

『ロミオとシンデレラ・前編』お手に取って頂きありがとうございます。

今作は前編です。「これからどうなるの」と気になるところで終わっていますが、この続きは後編の発売をお待ち下さい。

未紅達の気持ちの行方、そして結末はどうなるのか、自分も一緒に想像しながら待ちたいと思います。

歌詞というたった数百字の短い文章から、こうして物語にまで仕上げ執筆して下さった西本先生、そして「ロミオとシンデレラ」のイラストをずっと描いてくれているnezukiさん、まだ後編もありますが、この前編本当にありがとうございました。

大事に思っている曲がこうして本になり自分も嬉しいです。

それではまた後編で会いましょう!

西本《にしもと》紘奈《ひろな》 comment

こんにちは、西本紘奈と申します。

ずっと昔から聴いていた「ロミオとシンデレラ」の小説を書かせていただくことになるとは……！
お話を伺ったときは驚きましたが、こうして現実になって嬉しいかぎりです。

doriko様、nezuki様、制作に関わってくださったすべての方々、そしてなにより本作を手にとってくださった皆様に心から感謝を申し上げます。
本当にありがとうございます!!

できるかぎりdoriko様のイメージに沿うように頑張りましたが、あくまでも楽曲解釈の一例ですので、こういう風に書くひともいるんだなと思っていただけると有り難いです。

nezuki comment

ロミオとシンデレラ

Romeo and Cinderella

小説化おめでとうございます!!

「ロミオとシンデレラ」が素敵な小説になりました！
未紅ちゃん、蒼真くん、リリコちゃん、黄寺くん、樹里先輩
話が進むにつれ それぞれの人間関係や心模様が
見えてきてドキドキします！この度はイラストを
描かせていただきまして ありがとうございました✧✧
後編もお楽しみに♪

nezuki

【初音ミクとは】

WEBサイト
http://piapro.net

『初音ミク』とは、クリプトン・フューチャー・メディア株式会社が2007年8月に企画・発売した「歌を歌うソフトウェア」であり、ソフトのパッケージに描かれた「キャラクター」です。

発売後、たくさんのアマチュアクリエイターが『初音ミク』ソフトウェアを使い、音楽を制作して、インターネットに公開しました。また音楽だけでなく、イラストや動画など様々なジャンルのクリエイターも、クリプトン社の許諾するライセンスのもと『初音ミク』をモチーフとした創作に加わり、インターネットに公開しました。

その結果『初音ミク』は、日本はもとより海外でも人気のバーチャル歌手となりました。

3D映像技術を駆使した『初音ミク』のコンサートも国内外で行われ、その人気は世界レベルで広がりを見せています。

※「ロミオとシンデレラ 前編～ジュリエット編～」は、楽曲「ロミオとシンデレラ」を原案としています。『初音ミク』の公式の設定とは異なります。

BEANS BUNKO

「ロミオとシンデレラ　前編～ジュリエット編～」の感想をお寄せください。
おたよりのあて先
〒102-8177　東京都千代田区富士見2-13-3
株式会社KADOKAWA　角川ビーンズ文庫編集部気付
「doriko」・「西本紘奈」先生・「nezuki」先生
また、編集部へのご意見ご希望は、同じ住所で「ビーンズ文庫編集部」
までお寄せください。

ロミオとシンデレラ　前編《ぜんぺん》～ジュリエット編《へん》～
原案／doriko《ドリコ》　著／西本紘奈《にしもとひろな》

角川ビーンズ文庫　19743

平成28年5月1日　初版発行
令和7年8月25日　8版発行

発行者――山下直久
発　行――株式会社KADOKAWA
〒102-8177　東京都千代田区富士見2-13-3
電話 0570-002-301（ナビダイヤル）
印刷所――株式会社KADOKAWA
製本所――株式会社KADOKAWA
装幀者――micro fish

●お問い合わせ
https://www.kadokawa.co.jp/（「お問い合わせ」へお進みください）
※内容によっては、お答えできない場合があります。
※サポートは日本国内のみとさせていただきます。
※Japanese text only

ISBN978-4-04-103700-3 C0193 定価はカバーに表示してあります。

◆◇◇

ロミオとシンデレラ
原案／doriko
著／西本紘奈
イラスト／nezuki
クリプトン・フューチャー・メディア公認
Romeo and Cinderella
反対だらけの未紅の恋
行きつく先は——…?
2016年秋頃、後編発売予定!!
Ill. by nezuki © Crypton Future Media, INC. www.piapro.net piapro
角川ビーンズ文庫

角川ビーンズ文庫
スキキライ
超人気!!
キュンキュンボカロ曲制作チーム♪
HoneyWorks楽曲が
物語となって登場!!
原案/HoneyWorks
著/藤谷燈子
イラスト/ヤマコ
大好評発売中!!
illustration by Yamako
© Crypton Future Media, INC. www.piapro.net piapro

角川ビーンズ文庫
脳《のう》漿《しょう》炸《さく》裂《れっ》ガール
nou shou sakuretsu girl
原案：れるりり
著：吉田恵里香
イラスト：ちゃつぼ

角川ビーンズ小説大賞
原稿募集中!
君の"物語"がここから始まる!
角川ビーンズ小説大賞がパワーアップ!
https://beans.kadokawa.co.jp
詳細は公式サイトでチェック!!!
【一般部門】&【WEB テーマ部門】
賞金 大賞100万円
優秀賞30万円
他副賞
締切 3月31日
発表 9月発表(予定)
イラスト/紫　真依